Collection dirigée par
Guillaume de la Rocque

Pierre Ravier     Werner Reuther

# Guide pratique de conversation
# ANGLAIS / AMÉRICAIN

Traduction de Sasha Mann

(Édition mise à jour)

Le Livre de Poche

ISBN : 978-2-253-08513-3

# Sommaire

## Logement • restauration



## Achats

## Culture • loisirs

# Comment utiliser ce guide

# Comment utiliser ce guide

Ce guide de conversation est destiné à toutes les personnes désirant se rendre en Grande-Bretagne ou aux États-Unis et qui ne maîtrisent pas la langue anglaise.
Il a été conçu de façon à faciliter les relations essentielles de la vie quotidienne. Plusieurs milliers de mots, de phrases et de formes syntaxiques permettront au lecteur de s'exprimer dans la plupart des cas susceptibles de se présenter à lui au cours de son voyage.

## L'ouvrage comprend :

- **Un abrégé de grammaire** précisant quelques règles de la langue anglaise.
- **Un code de prononciation** facilement utilisable et sans lequel le lecteur de ce guide risquerait de ne pas toujours être compris par ses interlocuteurs.
- **Un guide pratique d'utilisation de la langue** constitué de 6 grands chapitres rassemblant des thèmes présentés dans l'ordre alphabétique.
- **Un dictionnaire** de plus de 2 000 mots.
- **Un index** facilitant la recherche des rubriques.

## Exemple d'utilisation du manuel

**Le lecteur désire acheter un costume :**

1. Il pourra trouver le mot dans le Dictionnaire (page 201).

2. Il pourra consulter la rubrique « Habillement » située dans le chapitre « Achats ». Si le mot « habillement » ne lui vient pas immédiatement à l'esprit, le lecteur trouvera également le renvoi à cette rubrique dans l'Index, aux mots « vêtements » et « prêt-à-porter ».

La consultation de la rubrique « Habillement » présente l'avantage, par rapport au dictionnaire, de faciliter la formulation de la demande par l'emploi de phrases et de mots

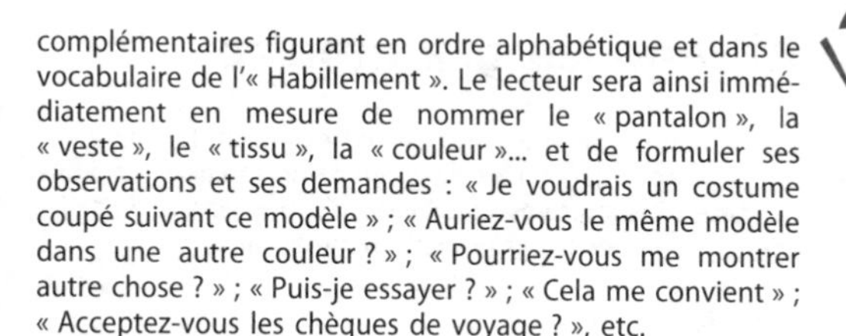

complémentaires figurant en ordre alphabétique et dans le vocabulaire de l'« Habillement ». Le lecteur sera ainsi immédiatement en mesure de nommer le « pantalon », la « veste », le « tissu », la « couleur »... et de formuler ses observations et ses demandes : « Je voudrais un costume coupé suivant ce modèle » ; « Auriez-vous le même modèle dans une autre couleur ? » ; « Pourriez-vous me montrer autre chose ? » ; « Puis-je essayer ? » ; « Cela me convient » ; « Acceptez-vous les chèques de voyage ? », etc.

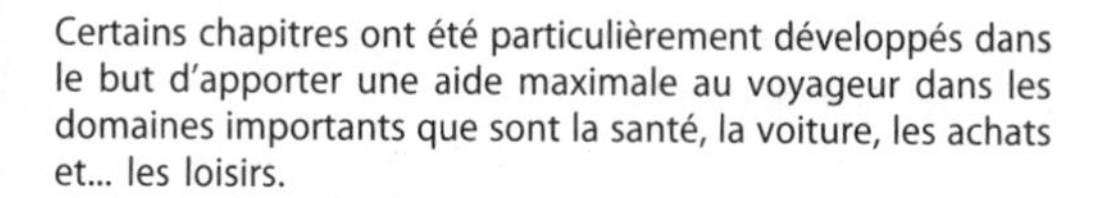

Certains chapitres ont été particulièrement développés dans le but d'apporter une aide maximale au voyageur dans les domaines importants que sont la santé, la voiture, les achats et... les loisirs.

# Abrégé de grammaire

Ce mémento grammatical n'est pas exhaustif. Il se limite à un panorama général de la grammaire anglaise qui vous permettra d'élargir vos possibilités d'expression et de satisfaire votre curiosité sur le plan grammatical.

## L'article

### L'article défini

Il n'a qu'une forme : *the*

> *the train* = le train, *the trains* = les trains.
> *the girl* = la fille, *the girls* = les filles.

### L'article indéfini

Il a deux formes : *a*, *an*

*a* devant une consonne :

> *a book* = un livre, *a mouse* = une souris.

*an* devant une voyelle ou un *h* muet :

> *an apple* = une pomme, *an hour* = une heure.

### L'article partitif

Il a deux formes :

*some:*

> *I'd like some flowers* = Je voudrais des fleurs.

et *any* qui s'utilise dans les phrases négatives et parfois interrogatives :

> *I don't have any change* = Je n'ai pas de monnaie.
> *Do you have any French books?* = Avez-vous des livres en français ?

## Le genre et le nombre

Pour former le pluriel des noms, on ajoute en général au singulier un *s* ou *es* quand le nom se termine par deux *s* (et cette finale se prononce) :

> *dog, dogs* = chien, chiens.
> *glass, glasses* = verre, verres.

Si un nom se termine par *y* précédé d'une consonne, le pluriel se forme en remplaçant le *y* par *ies*. La règle ne change pas si le *y* est précédé d'une voyelle :

> *lorry* = camion, *lorries* = camions.
> *donkey* = âne, *donkeys* = ânes.

Attention, il existe des exceptions !

> *Exemples : child* (enfant) ➪ *children* (enfants) ; *foot* (pied) ➪ *feet* (pieds) ; *man* (homme) ➪ *men* (hommes) ; *tooth* (dent) ➪ *teeth* (dents) ; *woman* (femme) ➪ *women* (femmes) ; etc.

L'adjectif est généralement placé avant le nom et ne change pas de forme (pas de *s* au pluriel) :

> *a pleasant trip* = un voyage agréable.
> *a big fat cat* = un gros chat gras.

## Les possessifs

### Les adjectifs possessifs

| Singulier | Pluriel |
|---|---|
| *My* = mon, ma | *My* = mes |
| *Your* = ton, ta | *Your* = tes |
| *His, her, its* (neutre) = son, sa | *His, her, its* (neutre) = ses |
| *Our* = notre | *Our* = nos |
| *Your* = votre | *Your* = vos |
| *Their* = leur | *Their* = leurs |

Notez qu'aucune distinction n'est faite entre le singulier et le pluriel.

### Les pronoms possessifs

Aucune distinction, comme pour les adjectifs possessifs, n'est faite entre le singulier et le pluriel :

> Le mien, la mienne, les miens, les miennes = *mine.*
>
> Le tien, la tienne, les tiens, les tiennes = *yours.*
>
> Le sien, la sienne, les siens, les siennes = *his / hers.*
>
> Le nôtre, la nôtre, les nôtres = *ours.*

> Le vôtre, la vôtre, les vôtres = *yours.*
> Le leur, la leur, les leurs = *theirs.*
> *These suitcases are mine* = Ces valises sont à moi (miennes).
> *This passport isn't yours* = Ce passeport n'est pas à toi (tien) ; à vous (le vôtre).
> *These documents are ours* = Ces documents sont les nôtres.

## Les démonstratifs

« Ce », « cet », « cette » se traduisent par *this, that. This* indique quelque chose de proche, *that* implique un éloignement :

> *This parcel is heavy* = Ce paquet est lourd.
> *That man is my father* = Cet homme-là est mon père.

« Ceci », « celui-ci », « cela », « celui-là » se traduisent également par *this* et *that* ou *this one* et *that one* :

> *I don't want this one* = Je ne veux pas celui-ci.
> *I want that one* = Je veux celui-là.
> *I want that* = Je veux cela.

Le pluriel est *these, those,* ce dernier impliquant l'éloignement :

> *These oranges are sweet* = Ces oranges sont sucrées.
> *Those apples are sour* = Ces pommes-là sont amères.

## Les comparatifs

*More... than* = plus... que :

> *This hotel is more expensive than the other* = Cet hôtel est plus cher que l'autre.
> *I've bought more souvenirs than you* = J'ai acheté plus de souvenirs que vous.

*Less... than* = moins... que :

> *This book is less exciting than that one* = Ce livre est moins passionnant que celui-là.
> *I'm less hungry than he* = J'ai moins faim que lui.

*As... as* = aussi... que :

> *This road is as good as the other* = Cette route est aussi bonne que l'autre.
> *She's as intelligent as her brother* = Elle est aussi intelligente que son frère.

*As much... as* = autant de... que. *As many* (nombreux) ... *as* = autant de... que :

> *We have as much luck as you* = Nous avons autant de chance que vous.
> *I have as many things to buy as you* = J'ai autant de choses à acheter que vous.

## Les superlatifs

Les adjectifs superlatifs d'une ou de deux syllabes se terminent en *-(e)r* pour former le comparatif et en *-(e)st* pour former le superlatif :

> *Tall, taller, the tallest* = grand, plus grand, le plus grand.
> *Happy, happier, the happiest* = heureux, plus heureux, le plus heureux.

Avec les adjectifs de plus de deux syllabes, on utilise *more* pour le comparatif et *most* pour le superlatif :

> *Beautiful, more beautiful, the most beautiful* = beau, plus beau, le plus beau.
> *Exciting, more exciting, the most exciting* = passionnant, plus passionnant, le plus passionnant.

Attention, il existe des exceptions !

> *Bad, worse, the worst* = mauvais, pire, le pire.
> *Good, better, the best* = bon, meilleur, le meilleur.
> *Little, less, the least* = peu, moins, le moins.

## Les adverbes

La plupart des adverbes sont formés de l'adjectif auquel on ajoute *-ly* :

> *Short, shortly* = bref, brièvement.
> *Obvious, obviously* = évident, évidemment.

Attention aux exceptions !

> *Loud* = haut, hautement.
> *Fast* = rapide, rapidement.

## La négation

Pour exprimer la négation, on emploie *no* pour les noms et *not* pour les adjectifs :

> *I have no time* = Je n'ai pas le temps.
> *He's not hungry* = Il n'a pas faim.

## Les verbes

Nous vous donnons ici les éléments nécessaires pour vous exprimer au présent (présent et présent continu), au passé et au futur, en utilisant les verbes réguliers et les verbes irréguliers les plus courants. Vous trouverez une liste des verbes irréguliers à la fin de ce chapitre.

### Les pronoms sujets

1re pers. sing. = *I* (je)

2e pers. sing. = *you* (tu)

3e pers. sing. = *he* (il), *she* (elle), *it* (neutre)

1re pers. plur. = *we* (nous)

2e pers. plur. = *you* (vous)

3e pers. plur. = *they* (ils, elles)

En anglais, on n'utilise que le vouvoiement. Donc *you* signifie aussi bien « tu » et « vous ».

## Les pronoms compléments

<table>
<tr><th>Singulier</th><th>Pluriel</th></tr>
<tr><td>me = moi</td><td>us = nous</td></tr>
<tr><td>you = toi</td><td>you = vous</td></tr>
<tr><td>him = lui</td><td rowspan="4">them = eux</td></tr>
<tr><td>her = elle</td></tr>
<tr><td>it = neutre</td></tr>
<tr><td>one = indéfini</td></tr>
</table>

## Les verbes auxiliaires

Les verbes auxiliaires sont *to be* (être), *to have* (avoir), *to do* (faire).

### Présent

| *TO DO* | *TO BE* | *TO HAVE* |
|---|---|---|
| **(faire)** | **(être)** | **(avoir)** |
| *I do* | *I am (I'm*)* | *I have (I've*)* |
| *you do* | *you are (you're*)* | *you have (you've*)* |
| *he, she does, it (neutre) does* | *he, she is (he's, she's*), it (neutre) is (it's*)* | *he, she has, it (neutre) has* |
| *we do* | *we are (we're*)* | *we have (we've*)* |
| *you do* | *you are (you're*)* | *you have (you've*)* |
| *they do* | *they are (they're*)* | *they have (they've*)* |

* En langage courant, on emploie presque toujours la forme contractée : *We are going shopping* devient donc *We're going shopping* (« Nous allons faire des courses »).

Pour la forme négative des verbes auxiliaires on ajoute *not* en fin de conjugaison.

| | |
|---|---|
| *I am not (I'm not)* | *I have not (I haven't)* |
| *you are not (you're not)* | *you have not (you haven't)* |
| *he, she is not (he, she isn't),* etc. | *he, she has not (he, she hasn't),* etc. |

Pour former l'interrogatif, on inverse la position du verbe et du sujet :

| | |
|---|---|
| *am I?* | *have I?* |
| *are you?* | *have you?* |
| *is he, is she?* | *has he, has she?* |
| etc. | etc. |

## Conjugaison

### Le présent

Les verbes réguliers et irréguliers ont au présent la même forme qu'à l'infinitif, sauf à la troisième personne du singulier où on ajoute *(e)s* :

| *TO BUY* | *TO LOVE* | *TO DRESS* |
|---|---|---|
| (acheter) | (aimer) | (s'habiller) |
| *I buy* | *I love* | *I dress* |
| *you buy* | *you love* | *you dress* |
| *he, she buys* | *he, she loves* | *he, she dresses* |
| *we buy* | *we love* | *we dress* |
| *you buy* | *you love* | *you dress* |
| *they buy* | *they love* | *they dress* |

La forme négative des verbes non auxiliaires se compose de l'auxiliaire *do* (*does*, 3e pers.) + *not* + l'infinitif :

> *I do not (I don't) like fish* = Je n'aime pas le poisson.
> *He does not (he doesn't) speak French* = Il ne parle pas français.

La forme interrogative se compose de l'auxiliaire *do* (*does*, 3e pers.) + le sujet + l'infinitif :

> *Do you accept checks?* = Acceptez-vous les chèques ?
> *Does she eat meat?* = Mange-t-elle de la viande ?

## Le présent continu

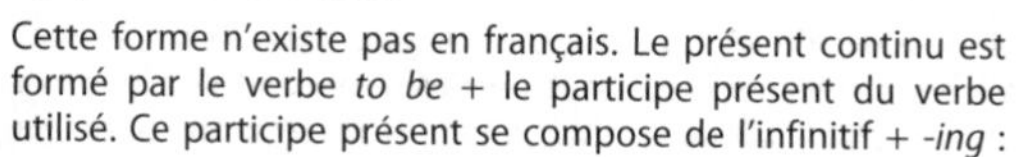

Cette forme n'existe pas en français. Le présent continu est formé par le verbe *to be* + le participe présent du verbe utilisé. Ce participe présent se compose de l'infinitif + *-ing* :

> *How are you (to feel) feeling?* = Comment vous sentez-vous ?

Si l'infinitif se termine par *e*, celui-ci est supprimé :

> *What is she (to make) making?* = Que fait-elle ?

*To be* étant un verbe auxiliaire, la forme négative se construit en intercalant la négation entre l'auxiliaire et le participe présent :

> *I'm not sleeping* = Je ne dors pas.
> *It's not raining* = Il ne pleut pas.

## Le passé

| *TO DO* | *TO BE* | *TO HAVE* |
|---|---|---|
| (faire) | (être) | (avoir) |
| *I did* | *I was* | *I had* |
| *you did* | *you were* | *you had* |
| *he, she, it (neutre) did* | *he, she, it (neutre) was* | *he, she, it (neutre) had* |
| *we did* | *we were* | *we had* |
| *you did* | *you were* | *you had* |
| *they did* | *they were* | *they had* |

Le passé simple des verbes réguliers se forme en ajoutant *-ed* à l'infinitif :

| *TO LOVE* | *TO TALK* |
|---|---|
| (aimer) | (parler) |
| *I loved* | *I talked* |
| *you loved* | *you talked* |
| *he, she loved* | *he, she talked* |
| *we loved* | *we talked* |
| *you loved* | *you talked* |
| *they loved* | *they talked* |

## Le futur

Il n'y a pas de véritable futur en anglais, on le remplace par divers auxiliaires et surtout par les verbes vouloir *(will)* et devoir *(shall)*. L'idée du futur implique presque toujours une idée de devoir et de vouloir :

| *TO DO* | *TO BE* | *TO HAVE* |
|---|---|---|
| **(faire)** | **(être)** | **(avoir)** |
| *I shall (will) do (I'll do*)* | *I shall (will) be (I'll be*)* | *I shall (will) have (I'll have*)* |
| *you will do (you'll do*)* | *you will be (you'll be*)* | *you will have (you'll have*)* |
| *he, she, it will do (he'll, she'll, it'll do)** | etc. | etc. |
| *we shall (will) do (we'll do)** | | |
| *you will do (you'll do)** | | |
| *they will do (they'll do*)* | | |

* = forme contractée

Vous noterez qu'il n'y a pas de changements en conjuguant le verbe au futur. Ceci est valable pour tous les verbes : le sujet + *will* (ou *shall*) + l'infinitif :

> *I shall be going to Spain this year* = Cette année, j'irai en Espagne.
> *He'll leave on Monday* = Il partira lundi.
> *They'll take the bus* = Ils prendront le bus.

## L'impératif

Aussi bien au singulier qu'au pluriel, l'impératif se construit avec l'infinitif :

> *Shut the window* ! = Fermez la fenêtre !

La forme négative se compose de *don't (do not)* + l'infinitif :

> *Don't shout!* = Ne criez pas !

## Les verbes irréguliers les plus courants

| | INFINITIF | PASSÉ | PARTICIPE PASSÉ |
|---|---|---|---|
| acheter | *(to) buy* | *bought* | *bought* |
| aller | *(to) go* | *went* | *gone* |
| asseoir (s') | *(to) sit* | *sat* | *sat* |
| avoir | *(to) have* | *had* | *had* |
| boire | *(to) drink* | *drank* | *drunk* |
| casser | *(to) break* | *broke* | *broken* |
| choisir | *(to) choose* | *chose* | *chosen* |
| comprendre | *(to) understand* | *understood* | *understood* |
| conduire | *(to) drive* | *drove* | *driven* |
| dire | *(to) say* | *said* | *said* |
| donner | *(to) give* | *gave* | *given* |
| dormir | *(to) sleep* | *slept* | *slept* |
| écrire | *(to) write* | *wrote* | *written* |
| entendre | *(to) hear* | *heard* | *heard* |
| être | *(to) be* | *was/were* | *been* |
| fabriquer | *(to) make* | *made* | *made* |
| faire | *(to) do* | *did* | *done* |
| lire | *(to) read** (la prononciation change : *rïd **rèd) | *read*** | *read*** |
| manger | *(to) eat* | *ate* | *eaten* |
| parler | *(to) speak* | *spoke* | *spoken* |
| partir | *(to) leave* | *left* | *left* |
| payer | *(to) pay* | *paid* | *paid* |
| penser | *(to) think* | *thought* | *thought* |
| perdre | *(to) lose* | *lost* | *lost* |
| prendre | *(to) take* | *took* | *taken* |
| porter (un vêtement) | *(to) wear* | *wore* | *worn* |
| raconter | *(to) tell* | *told* | *told* |
| rencontrer | *(to) meet* | *met* | *met* |
| savoir | *(to) know* | *knew* | *known* |
| sentir | *(to) feel* | *felt* | *felt* |
| tomber | *(to) fall* | *fell* | *fallen* |

| trouver | *(to) find* | *found* | *found* |
|---|---|---|---|
| venir | *(to) come* | *came* | *come* |
| voir | *(to) see* | *saw* | *seen* |

# Code de prononciation

Vous trouverez ci-dessous la transcription phonétique des différents sons anglais que nous nous sommes efforcés de simplifier afin d'en faciliter la lecture. Il faut signaler qu'il existe de nombreuses variantes phonétiques entre l'anglais parlé en Angleterre et celui parlé aux États-Unis – dont il n'est pas possible de tenir compte ici. En ce qui concerne la prononciation, chaque mot anglais peut être considéré comme un cas particulier. Le système que nous utilisons vous permettra, en le lisant comme du français, de vous faire comprendre de vos interlocuteurs anglais et américains.

Les caractères **gras** indiquent la place de l'accent tonique. Les caractères **majuscules A et O** indiquent un son qui n'a pas d'exact équivalent en français. Nous avons utilisé **l'apostrophe** pour marquer la suppression de la (ou des) voyelle(s) suivant la consonne : au lieu de prononcer d'une façon trop appuyée « posseubeul » (= *possible*), il vaut mieux alléger la finale : « posseub'l ». Dans certains mots à plusieurs syllabes, afin d'en faciliter la lecture et la prononciation, nous avons employé un **tiret** : *signature* est prononcé « sig-netcheu ».

## Consonnes

La plupart des consonnes se prononcent comme en français. Mais il existe quelques différences. Voici les principales :

- le *h* est toujours aspiré (en fait, une légère expiration) ;
- le *g* se prononce dj devant *e, i, y* (*cf.* gin) ;
- le *j* se prononce dj (*cf.* blue-jean) ;
- *qu* se prononce généralement kw (*cf.* un quaker), mais il existe quelques exceptions *(quay, queue...)* où il se prononce k ;
- le *r* est assez différent du r français. Il passe inaperçu généralement devant une voyelle et en fin de mot. On pourrait le décrire comme un mélange de r et de w, pro-

noncé avec les côtés de la langue contre les dents du haut !

- le *w* se prononce comme dans whisky (*cf.* week-end).

Certaines consonnes suivies de *h* ont une prononciation différente du français, principalement :

- *ch* se prononce tch ;
- *sh* équivaut à notre ch français ;
- *gh* n'est généralement pas prononcé ; sinon, il se prononce g à l'initiale (*cf.* ghetto) et f en finale ;
- *th* se prononce tantôt comme z, tantôt comme ss, mais toujours avec le bout de la langue entre les dents.
  Ce son présente une certaine difficulté pour les Français. Pour *this*, *that*, *these*, *those*, nous transcrivons la prononciation de *th* par z (ziss, zatt...). Dans les autres cas, nous transcrivons la prononciation de *th* par t'h (valeur ss) :

| | |
|---|---|
| *thank you* (merci) | t'ha**n**nk you |
| *b**a**throom* (salle de bain) | **ba**t'hroum |
| *thursday* (jeudi) | t'h**eu**sdeï |

*m et n* sont toujours prononcés séparément (jamais avec les sons an, on du français) : par exemple, *on* (= sur) se prononce onn comme dans « bonne ».

Pour des raisons de précision, nous avons transposé le *ing* du présent continu en inn :

| | |
|---|---|
| *running* (courir) | r**A**ninn |
| *raining* (pleuvoir) | reïninn |

En revanche, les noms avec cette finale *ing* font davantage entendre le *g* (transcrits inng) :

| | |
|---|---|
| *ring* (bague) | rinng |
| *string* (ficelle) | strinng |

N'oubliez pas que toutes les consonnes finales de la transcription se prononcent ; nous en avons doublé certaines quand une confusion avec le français était possible :

| | |
|---|---|
| *hot* (chaud) | hott (*cf.* hotte) |
| *dice* (dés) | daïss (*cf.* maïs) |

Sinon :

| | |
|---|---|
| *bedroom* (chambre) | bèdroum (*cf.* atchoum) |
| *trip* (voyage) | trip (*cf.* tripes) |

## Voyelles

Voici les voyelles utilisées dans la transcription et la manière de les prononcer (les voyelles en gras marquent l'emplacement de l'accent tonique, très important en anglais) :

| | EXEMPLES | PRONONCIATION | |
|---|---|---|---|
| a | *bank* (banque)<br>*baggage* (bagages) | bannk<br>baguidj | (comme le a de patte) |
| â | *dark* (sombre)<br>*car* (voiture) | dâk<br>kâr | (comme le â de pâte) |
| A | *must* (devoir)<br>*duck* (canard) | mAst<br>dAk | (entre a et eu de peur) |
| aï | *find* (trouver)<br>*tie* (cravate) | faïnnd<br>taï | (a-ï en appuyant davantage sur le a) |
| è | *red* (rouge)<br>*airport* (aéroport) | rèd<br>èpautt | (ê ouvert de fête) |
| eï | *date* (date)<br>*grey* (gris) | deïtt<br>greï | (é-ï en appuyant davantage sur le é) |
| i | *trip* (voyage)<br>*ticket* (billet) | trip<br>tikitt | (i très bref, à la limite du é fermé de bébé) |
| ï | *street* (rue)<br>*meal* (repas) | stritt<br>mïl | (i très long comme ii) |
| o | *hot* (chaud)<br>*soft* (doux) | hott<br>soft | (o ouvert de hotte) |
| au | *corn* (maïs)<br>*laundry* (linge) | kaunn<br>launndri | (o long de beau) |
| O | *coat* (manteau)<br>*slow* (lent) | kOtt<br>slO | (o très allongé, un peu comme o-ou) |

| | | | |
|---|---|---|---|
| oï | *boy* (garçon)<br>*voice* (voix) | boï<br>voïss | (comme dans cow-boy) |
| e/eu | *learn* (apprendre)<br>*work* (travail)<br>*around* (autour) | leurn<br>weurk<br>eraound | (eu de peur) |

Enfin, n'oubliez pas que, dans le parler courant, tout le monde (« tout l'mond' » !) tend à supprimer certains sons. Ne soyez donc pas surpris d'entendre, par exemple, au lieu de « tou dou » (*to do* = faire), « t'dou ».

## Note du traducteur

L'anglais parlé aux États-Unis est assez difficile à comprendre en raison de l'accent qui diffère énormément, notamment dans certains États du Sud. Il ne nous a donc pas été possible de rentrer dans des détails de prononciation que l'on ne peut acquérir que par la pratique de la langue. Nous nous sommes limité à vous donner la traduction en américain des mots qui changent totalement d'un pays à l'autre. Ces mots sont signalés dans le texte par l'abréviation *US*.

# Les bases de la conversation

## Âge • Dates

***age • dates***
eïdj • deïtts

Quel **âge** avez-vous ?
**How old are you?**
ha-au Old **ar** you?

J'aurai... **ans** dans... mois.
**In... months I shall be...**
inn... mAnnt'h aï chal bï...

Quelle **date** sommes-nous ?
**What's the date today?**
watts ze deïtt toudeï?

Il (elle) paraît plus **jeune** que son âge.
**He (she) looks young for his (her) age.**
hï (chï) **lou**ks yAng fau hiz (**heur**) eïdj.

Nous sommes le 24 août, **jour** de mon anniversaire.
**It's the twenty-fourth of August, my birthday.**
its ze twènti-f**au**t'h ov **au**gueust, maï **beu**t'hdeï.

| Vocabulaire | | |
|---|---|---|
| **Adultes** | *Adults* | adAlts |
| **POUR ADULTES** | *FOR ADULTS* | fau adAlts |
| **Anniversaire** | *Birthday* | beut'hdeï |
| **Ans** | *Years* | yieuz |
| **Aujourd'hui** | *Today* | toudeï |
| **Centenaire** | *Centenary* | sèntineri |
| **Date de naissance** | *Date of birth* | deïtt ov beurt'h |
| **Demain** | *Tomorrow* | toumorO |
| **Hier** | *Yesterday* | yèsteudeï |
| **Jeune** | *Young* | yAng |
| **Jeunesse** | *Youth* | yout'h |

| | | |
|---|---|---|
| **Jour** | *Day* | deï |
| **Majeur** | *Of age* | ov eïdj |
| **Mineur** | *Under age* | Anndeu eïdj |
| **Mois** | *Month* | mAnnt'h |
| **Naissance** | *Birth* | beut'h |
| **Né le (je suis)** | *I was born on* | aï waz baun onn |
| **Vieillesse** | *Old age* | Old eïdj |
| **Vieillir** | *(to) Grow old* | grO Old |
| **Vieux** | *Old* | Old |

## Expressions usuelles

*current expressions*
kAreunt ixprècheuns

| Vocabulaire | | |
|---|---|---|
| **À cause de** | *Because of* | bikoz ov |
| **À côté de** | *Next to* | nèxt tou |
| **À droite** | *On the right* | onn ze raïtt |
| **À gauche** | *On the left* | onn ze lèft |
| **Ainsi** | *Thus* | t'heuss |
| **Alors** | *So* | sO |
| **Ancien** | *Ancient* | eïnncheunt |
| **À peine** | *Hardly* | hâdli |
| **Après** | *After* | âfteu |
| **Assez** | *Enough* | inAf |
| **À travers** | *Through* | t'hrou |
| **Au contraire** | *To the contrary* | tou ze konntreri |
| **Au-dessous** | *Below, under* | bilO, Anndeu |
| **Au-dessus** | *Above, over* | ebAv, Oveu |
| **Au milieu de** | *In the middle of* | inn ze mid'l ov |
| **Autant** | *As much* | az mAtch |
| **Autant que** | *As much as* | az mAtch az |
| **Autour** | *Around* | eraound |
| **Avant** | *Before* | bifau |
| **Avec** | *With* | wiz |
| **Beau** | *Beautiful* | bioutifoul |
| **Bientôt** | *Soon* | soun |
| **Bonjour** *(matin)* | *Good morning* | goud mauninn |

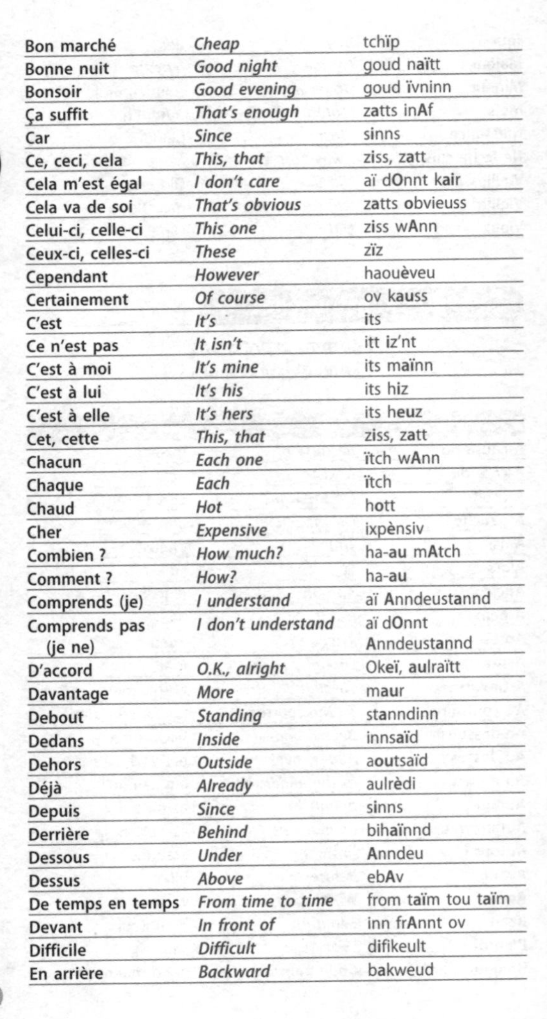

| | | |
|---|---|---|
| Bon marché | *Cheap* | tchïp |
| Bonne nuit | *Good night* | goud naïtt |
| Bonsoir | *Good evening* | goud ïvninn |
| Ça suffit | *That's enough* | zatts inAf |
| Car | *Since* | sinns |
| Ce, ceci, cela | *This, that* | ziss, zatt |
| Cela m'est égal | *I don't care* | aï dOnnt kair |
| Cela va de soi | *That's obvious* | zatts obvieuss |
| Celui-ci, celle-ci | *This one* | ziss wAnn |
| Ceux-ci, celles-ci | *These* | zïz |
| Cependant | *However* | haouèveu |
| Certainement | *Of course* | ov kauss |
| C'est | *It's* | its |
| Ce n'est pas | *It isn't* | itt iz'nt |
| C'est à moi | *It's mine* | its maïnn |
| C'est à lui | *It's his* | its hiz |
| C'est à elle | *It's hers* | its heuz |
| Cet, cette | *This, that* | ziss, zatt |
| Chacun | *Each one* | ïtch wAnn |
| Chaque | *Each* | ïtch |
| Chaud | *Hot* | hott |
| Cher | *Expensive* | ixpènsiv |
| Combien ? | *How much?* | ha-au mAtch |
| Comment ? | *How?* | ha-au |
| Comprends (je) | *I understand* | aï Anndeustannd |
| Comprends pas (je ne) | *I don't understand* | aï dOnnt Anndeustannd |
| D'accord | *O.K., alright* | Okeï, aulraïtt |
| Davantage | *More* | maur |
| Debout | *Standing* | stanndinn |
| Dedans | *Inside* | innsaïd |
| Dehors | *Outside* | aoutsaïd |
| Déjà | *Already* | aulrèdi |
| Depuis | *Since* | sinns |
| Derrière | *Behind* | bihaïnnd |
| Dessous | *Under* | Anndeu |
| Dessus | *Above* | ebAv |
| De temps en temps | *From time to time* | from taïm tou taïm |
| Devant | *In front of* | inn frAnnt ov |
| Difficile | *Difficult* | difikeult |
| En arrière | *Backward* | bakweud |

| | | |
|---|---|---|
| En avant | *Forward* | fauweud |
| En bas | *Below* | bilO |
| En dehors | *Aside* | essaïd |
| En effet | *Effectively* | ifèktivli |
| En face de | *Facing* | feïssinn |
| En haut | *Above* | ebAv |
| Est-ce... ? | *Is it...?* | iz itt |
| Est-ce pas (n')... ? | *Isn't it... ?* | iz'nt itt |
| Et | *And* | annd |
| Facile | *Easy* | ïzi |
| Faim (j'ai) | *I'm hungry* | aïm heungri |
| Fatigué (je suis) | *I'm tired* | aïm taïr'd |
| Faux | *False* | fauls |
| Fermé | *Closed* | klOzd |
| Froid | *Cold* | kOld |
| Gentil | *Kind* | kaïnnd |
| Grand | *Large, tall, big* | lâdj, taul, big |
| Ici | *Here* | hieu |
| Il y a | *There is, there are* | zair iz, zair ar |
| Il n'y a pas | *There isn't, there aren't* | zair iz'nt, zair ar'nt |
| Importance (sans) | *No importance* | nO immpauteuns |
| Important (c'est) | *It's important* | its immpauteunt |
| Impossible (c'est) | *It's impossible* | its immposseub'l |
| Jamais | *Never* | nèveu |
| Jeune | *Young* | yAnng |
| Jusqu'à | *Until* | Anntil |
| Juste | *Right, just* | raïtt, djeust |
| Là | *There* | zair |
| Là-bas | *Over there* | Oveu zair |
| Laid | *Ugly* | Agli |
| Léger | *Light* | laïtt |
| Lequel, laquelle, lesquel(le)s | *Which* | witch |
| Loin | *Far* | fâr |
| Longtemps | *For a long time* | fau e'lonng taïm |
| Lourd | *Heavy* | hèvi |
| Maintenant | *Now* | na-au |
| Malgré | *Despite* | dispaïtt |
| Mauvais | *Bad* | bad |
| Méchant | *Nasty* | nâsti |

| | | |
|---|---|---|
| **Meilleur** | *Better* | bêta |
| **Meilleur (le)** | *The best* | ze bèst |
| **Non** | *No* | nO |
| **Nouveau** | *New* | niou |
| **Ou** | *Or* | or |
| **Où** | *Where* | wair |
| **Ou bien** | *Or else* | or èls |
| **Oui** | *Yes* | yèss |
| **Ouvert** | *Open* | Op'n |
| **Par** | *Through* | t'hrou |
| **Parce que** | *Because* | bikoz |
| **Par exemple** | *For example* | fau ixammp'l |
| **Parfois** | *Sometimes* | sAmtaïmz |
| **Par ici** | *Over here* | Over hieu |
| **Parmi** | *Among* | emAnng |
| **Partout** | *Everywhere* | èvriwair |
| **Pas assez** | *Not enough* | nott inAf |
| **Pas du tout** | *Not at all* | nott att aul |
| **Pas encore** | *Not yet* | nott yètt |
| **Pas tout à fait** | *Not quite* | nott kwaïtt |
| **Pendant** | *During* | diourinn |
| **Petit** | *Small, little* | smaul, lit'l |
| **Peu** | *Little, few* | lit'l, fiou |
| **Peut-être** | *Perhaps* | peuhaps |
| **Pire** | *Worse* | weurss |
| **Pire (le)** | *The worst* | ze weurst |
| **Plusieurs fois** | *Several times* | sèvr'l taïmz |
| **Pour** | *For* | fau |
| **Pourquoi ?** | *Why?* | waï |
| **Près** | *Close* | klOz |
| **Presque** | *Almost* | aulmOst |
| **Puis-je... ?** | *May I...?* | meï aï |
| **Pouvez-vous... ?** | *Can you...?* | kann you |
| **Quand ?** | *When?* | wènn |
| **Quel, quelle, quel(le)s ?** | *Which?* | witch |
| **Quelquefois** | *Sometimes* | sAmtaïmz |
| **Qui ?** | *Who?* | hou |
| **Quoi ?** | *What?* | watt |
| **Quoique** | *Whatever* | wattèveu |
| **Sans** | *Without* | wizaoutt |

| | | |
|---|---|---|
| **Sans doute** | *Doubtless* | daoutliss |
| **Si** | *If* | if |
| **Sommeil (j'ai)** | *I'm sleepy* | aïm slïpi |
| **Sous** | *Under* | Anndeu |
| **Sous peu** | *Shortly, soon* | chautli, soun |
| **Sur** | *On* | onn |
| **Tant** | *So much* | sO mAtch |
| **Tant mieux** | *It's all for the better* | its aul fau ze bèteu |
| **Tant pis** | *Never mind* | nèveu maïnnd |
| **Tard** | *Late* | leïtt |
| **Temps (je n'ai pas le)** | *I've no time* | aïv nO taïm |
| **Tôt** | *Early* | eurli |
| **Tout de suite** | *At once* | att wAnns |
| **Très** | *Very* | vèri |
| **Très bien, merci** | *Very well, thank you* | vèri wel, t'hannk you |
| **Trop** | *Too much* | tou mAtch |
| **Urgent (c'est)** | *It's urgent* | its eudjeunt |
| **Vers** | *Towards* | touwaudz |
| **Veux pas (je ne)** | *I don't want* | aï dOnnt wannt |
| **Vieux** | *Old* | Old |
| **Vite** | *Quickly* | kwikli |
| **Voici** | *Here is, here are* | hieu iz, hieu ar |
| **Volontiers** | *With pleasure* | wiz plèjeur |
| **Y a-t-il... ?** | *Is there, are there...?* | iz zair, ar zair |

## Famille

*family*
famili

| Vocabulaire | | |
|---|---|---|
| **Adultes** | *Adults* | adAlts |
| **Aimer** | *(to) Love* | lAv |
| **Beau-frère** | *Brother-in-law* | brAzeu inn lau |
| **Beau-père** | *Father-in-law* | fâzeu inn lau |
| **Belle-mère** | *Mother-in-law* | mAzeu inn lau |
| **Belle-sœur** | *Sister-in-law* | sisteu inn lau |
| **Célibataire** | *Unmarried* | Annmarid |

| | | |
|---|---|---|
| **Cousin** | *Cousin* | kAz'n |
| **Décès** | *Death* | dèt'h |
| **Descendants** | *Descendants* | disèndeuntss |
| **Divorce** | *Divorce* | divauss |
| **Enfants** | *Children* | tchildreunn |
| **Femme** *(générique)* | *Woman* | woumeunn |
| **Femme** *(épouse)* | *Wife* | waïf |
| **Fiançailles** | *Engagement* | inngeïdjmeunt |
| **Fiancé(e)** | *Fiancé(e)* | fiancé |
| **Fille** | *Daughter, girl* | dauteu, gueul |
| **Fils** | *Son* | sAnn |
| **Frère** | *Brother* | brAzeu |
| **Garçon** | *Boy* | boï |
| **Gendre** | *Son-in-law* | sAnn inn lau |
| **Grand-mère** | *Grandmother* | grannmAzeu |
| **Grand-père** | *Grandfather* | grannfâzeu |
| **Grands-parents** | *Grandparents* | grannpaireuntss |
| **Homme** | *Man* | mann |
| **Mari** | *Husband* | hAsbeund |
| **Mariage** | *Marriage* | maridj |
| **Marié(e)** | *Bridegroom, bride* | braïdgroum, braïd |
| **Mère** | *Mother* | mAzeu |
| **Naissance** | *Birth* | beut'h |
| **Neveu** | *Nephew* | nèfiou |
| **Nièce** | *Niece* | nïss |
| **Nom** | *Name* | neïm |
| **Nourrisson** | *Newborn* | nioubaun |
| **Oncle** | *Uncle* | Annk'l |
| **Parents** *(père, mère)* | *Parents* | paireuntss |
| **Père** | *Father* | fâzeu |
| **Petite-fille** | *Granddaughter* | granndauteu |
| **Petit-fils** | *Grandson* | grannsAnn |
| **Prénom** | *Christian name* | kristieunn neïm |
| **Séparé** | *Separated* | sèpereït'd |
| **Sœur** | *Sister* | sisteu |
| **Tante** | *Aunt* | ânnt |

## Jours fériés

***bank holidays • US: public holidays***
bannk holideïz • pAblic holideïz

| Angleterre | | |
|---|---|---|
| **1er janvier** | *New Year's Day* | niou yieurs deï |
| **Vendredi saint** | *Good Friday* | goud fraïdeï |
| **Lundi de Pâques** | *Easter Monday* | ïsteu mAnndeï |
| **1er lundi de mai** | *May Day* | meï deï |
| **Dernier lundi de mai** | *Spring Bank Holiday* | sprinng bannk holideï |
| **Dernier lundi d'août** | *Summer Bank Holiday* | sAmeu bannk holideï |
| **25 décembre** | *Christmas Day* | krissmeuss deï |
| **26 décembre** | *Boxing Day* | boxinn deï |

| États-Unis | | |
|---|---|---|
| **1er janvier** | *New Year's Day* | niou yieurs deï |
| **3e lundi de février** | *Washington's Birthday* | wachinnteuns beut'hdeï |
| **Dernier lundi de mai** | *Memorial Day* | mimaurieul deï |
| **4 juillet** | *Independence Day* | inndipèndeuns deï |
| **1er lundi de septembre** | *Labour Day* | leïbeu deï |
| **2e lundi d'octobre** | *Columbus Day* | keulAmbeuss deï |
| **11 novembre** | *Veteran's Day* | vètereuns deï |
| **4e jeudi de novembre** | *Thanksgiving Day* | t'hannks-guivinn deï |
| **25 décembre** | *Christmas Day* | krissmeuss deï |

## Mesures

***measures***
mèjeuz

| LONGUEUR | *LENGTH* | lènngt'h |
|---|---|---|
| **Mille marin (1 853 m)** | *Nautical mile* | nautikeul maïll |

| | | |
|---|---|---|
| Mille terrestre (1 609 m) | *Mile (m)* | maïll |
| Pied (30 cm env.) | *Foot (ft)* | foutt |
| Pouce (25 mm env.) | *Inch (in)* | ïinntch |
| Yard (90 cm env.) | *Yard (yd)* | yâd |
| POIDS | *WEIGHT* | weïtt |
| Livre (450 g env.) | *Pound (lb)* | paound |
| Once (28 g env.) | *Ounce (oz)* | aounss |
| Stone (6,3 kg env.) | *Stone (st)* | stOnn |
| VOLUME | *VOLUME* | volloum |
| Baril *US* (118-119 l) | *Barrel* | bareul |
| – de pétrole (159 l) | *– petroleum* | – pitrOlieum |
| Gallon *GB* (4,54 l)<br>*US* (3,785 l) | *Gallon (gal)*<br>– | galeunn<br>– |
| Pinte *GB* (0,56 l)<br>*US* (0,47 l) | *Pint (pt)*<br>– | païnnt<br>– |
| Quart *GB* (1,12 l)<br>*US* (0,94 l) | *Quart (qt)*<br>– | kwautt<br>– |

## Nombres

*numbers*
nAmmbeuz

| | | |
|---|---|---|
| 0 | *Zero* | zieurO |
| 1 | *One* | wAnn |
| 2 | *Two* | tou |
| 3 | *Three* | t'hrï |
| 4 | *Four* | fau |
| 5 | *Five* | faïv |
| 6 | *Six* | siks |
| 7 | *Seven* | sèv'n |
| 8 | *Eight* | eïtt |
| 9 | *Nine* | naïnn |
| 10 | *Ten* | tènn |
| 11 | *Eleven* | ilèv'n |
| 12 | *Twelve* | twèlv |
| 13 | *Thirteen* | t'heutïnn |
| 14 | *Fourteen* | fautïnn |
| 15 | *Fifteen* | fiftïnn |

| | | |
|---|---|---|
| 16 | *Sixteen* | sixtïnn |
| 17 | *Seventeen* | sèv'ntïnn |
| 18 | *Eighteen* | eïtïnn |
| 19 | *Nineteen* | naïnntïnn |
| 20 | *Twenty* | twènti |
| 21 | *Twenty-one* | twènti wAnn |
| 22 | *Twenty-two* | twènti tou |
| 23 | *Twenty-three* | twènti t'hrï |
| 24 | *Twenty-four* | twènti fau |
| 25 | *Twenty-five* | twènti faïv |
| 26 | *Twenty-six* | twènti siks |
| 27 | *Twenty-seven* | twènti sèv'n |
| 28 | *Twenty-eight* | twènti eïtt |
| 29 | *Twenty-nine* | twènti naïnn |
| 30 | *Thirty* | t'heuti |
| 31 | *Thirty-one* | t'heuti wAnn |
| 32 | *Thirty-two* | t'heuti tou |
| 40 | *Forty* | fauti |
| 50 | *Fifty* | fifti |
| 60 | *Sixty* | sixti |
| 70 | *Seventy* | sèv'nti |
| 80 | *Eighty* | eïti |
| 90 | *Ninety* | naïnnti |
| 100 | *One hundred* | wAnn hAnndrid |
| 200 | *Two hundred* | tou hAnndrid |
| 300 | *Three hundred* | t'hrï hAnndrid |
| 400 | *Four hundred* | fau hAnndrid |
| 500 | *Five hundred* | faïv hAnndrid |
| 1 000 | *One thousand* | wAnn t'haouzeund |
| 10 000 | *Ten thousand* | tènn t'haouzeund |
| 100 000 | *One hundred thousand* | wAnn hAnndrid t'haouzeund |
| 1 000 000 | *One million* | wAnn milieun |
| Premier | *First* | feust |
| Deuxième | *Second* | sèkeund |
| Troisième | *Third* | t'heud |
| Quatrième | *Fourth* | faut'h |
| Cinquième | *Fifth* | fift'h |
| Sixième | *Sixth* | sixt'h |
| Septième | *Seventh* | sèv'nt'h |
| Huitième | *Eighth* | eït-t'h |

| | | |
|---|---|---|
| **Neuvième** | *Ninth* | naïnnt'h |
| **Dixième** | *Tenth* | tènnt'h |
| **Un demi (1/2)** | *A half* | e'hâf |
| **Un tiers (1/3)** | *A third* | e't'heud |
| **Un quart (1/4)** | *A quarter* | e'kwauteu |
| **Trois quarts (3/4)** | *Three quarters* | t'hrï kwauteuz |
| **2 pour cent** | *Two percent* | tou pessènt |
| **10 pour cent** | *Ten percent* | tènn pessènt |

## Politesse • Rencontres

***courtesy • meeting people***
keutissi • mïtinn pïp'l

Puis-je vous **accompagner** ?

**May I accompany you?**
meï aï ekAmmpeuni you?

Pourriez-vous m'**aider** à connaître la région... la ville ?

**Can you help me to get to know the area... the town?**
kann you hèlp mï tou guètt tou nO zi èria... ze taoun?

Vous êtes trop **aimable**.

**You're so kind.**
yau sO kaïnnd.

J'**aime** beaucoup votre pays.

**I love your country.**
aï lAv yau kAnntri.

Où **allez**-vous ?

**Where are you going?**
wair ar you gOinn?

Comment s'**appelle**...

**What do you call...**
watt dou you kaul...

Comment vous **appelez**-vous ?

> **What's your name?**
> watts yau neïm?

Que faites-vous dans la vie ?

> **What's your occupation?**
> watts yau okyoupeïcheunn?

Je fais des études./Je travaille.

> **I'm studying./I'm working.**
> aïm stAdinn./aïm weurkinn.

Allons **boire** un verre.

> **Let's go and have a drink.**
> lèts gO annd hav e'drinnk.

**Cessez** de m'importuner !

> **Leave me alone!**
> lïv mï elOnn!

Je ne vous **comprends** pas bien.

> **I can't understand what you're saying.**
> aï kannt Anndeustannd watt yau seïnn.

Je ne voudrais pas vous **déranger**.

> **I don't want to bother you.**
> aï dOnnt wannt tou bozeu you.

Je suis **désolé** de ce retard.

> **I'm so sorry for being late.**
> aïm sO sori fau bïnn leïtt.

Avez-vous du **feu**, s'il vous plaît ?

> **Can you give me a light, please?**
> kann you guiv mï e 'laïtt, pliz?

À quelle **heure** puis-je venir ?

> **At what time should I come?**
> att watt teïm choud aï kAm?

**Heureux** de vous connaître.

**Pleased to meet you.**
plïzd tou mïtt you.

Un **instant**, s'il vous plaît !

**Just a moment, please!**
djAst e'mOmeunt pliz!

Merci pour cette **invitation** !

**Thank you for the invitation!**
t'hannk you fau zi innviteïcheunn!

Nous aimerions vous **inviter** à déjeuner... à dîner.

**We vould like to invite you to lunch... to dinner.**
wï woud laïk tou innvaïtt you tou lAnntch... tou dineu.

Êtes-vous **libre** ce soir ?

**Are you free this evening?**
ar you frï ziss ïvninn?

Madame... mademoiselle... monsieur... **parlez-vous** français ?

**Mrs... Miss... Mr... do you speak French?**
missiz... miss... misteu... dou you spik frèntch?

**Parlez plus lentement.**

**Speak more slowly.**
spik mau slOli.

De quel **pays** venez-vous ?

**What country do you come from?**
watt kAnntri dou you kAm from?

**Permettez-moi** de me présenter ?

**May I introduce myself?**
meï aï inntrediouss maïssèlf?

Me **permettez-vous** de vous inviter à déjeuner... à dîner... à danser ?

**May I invite you to lunch... to dinner... to dance?**
meï aï innvaïtt you tou lAnntch... tou dineu... tou dânns?

Je me permets de vous **présenter** monsieur... madame... mademoiselle...

**Let me introduce Mr... Mrs... Miss... to you.**
lètt mï inntrediouss misteu... missiz... miss... tou you.

Pouvez-vous **répéter**... me dire, s'il vous plaît ?

**Please could you repeat... can you tell me?**
plïz koud you ripïtt... kann you tèl mï?

Où peut-on se **retrouver** ?

**Where can we meet?**
wair kann wï mïtt?

Quand **revenez**-vous ?

**When will you return?**
wènn wil you riteun?

J'espère que nous nous **reverrons**.

**I hope we'll meet again.**
aï hOp wïl mïtt eguènn.

Je suis **seul**, voulez-vous m'accompagner ?

**I'm alone, will you join me?**
aïm elOnn, wil you djoïnn mï?

Pouvez-vous me laisser votre numéro de **téléphone** ?

**Will you give me your phone number?**
wil you guiv mï yau fOnn nAmmbeu?

Combien de **temps** restez-vous ?
**How long are you staying?**
ha-au lonng ar you steïnn?

Quel beau **temps**, n'est-ce pas ?
**Beautiful weather, isn't it?**
bioutifoul wèzeu iz'nt itt?

Je n'ai pas le **temps** de vous parler.
**I've no time to talk.**
aïv nO taïm tou tauk.

Depuis combien de **temps** êtes-vous ici ?
**How long have you been here?**
ha-au lonng hav you bïnn hieu?

Je suis en **vacances**... en **voyage d'affaires**.
**I'm on holiday... on a business trip.**
aïm onn holideï... onn e'bizniss trip.

| Vocabulaire | | |
|---|---|---|
| **À bientôt** | *See you soon* | sï you soun |
| **À ce soir** | *See you this evening* | sï you ziss ïvninn |
| **À demain** | *See you tomorrow* | sï you toumorO |
| **Adieu** | *Goodbye* | goudbaï |
| **Aider** | *(to) Help* | hèlp |
| **Aimerais (j')** | *I'd like* | aïd laïk |
| **Asseyez-vous** | *Sit down* | sitt daoun |
| **Attendez-moi** | *Wait for me* | weïtt fau mï |
| **Au revoir** | *Goodbye* | goudbaï |
| **Avec plaisir** | *With pleasure* | wiz plèjeu |
| **À votre service** | *At your disposal* | att yau dispOseul |
| **Beau** | *Good-looking* | goud loukinn |
| **Belle** | *Beautiful* | bioutifoul |
| **Bien** | *Good* | goud |
| **Boire** | *(to) Drink* | drinnk |
| **Bon** | *Good* | goud |
| **Bon appétit** | *Enjoy your meal* | inndjoï yau mïl |
| **Bonjour, madame** | *Good morning, Madam* | goud mauninn, madeum |

| | | |
|---|---|---|
| **– mademoiselle** | *– Miss* | – miss |
| **– monsieur** | *– Sir* | – seu |
| **Bonne nuit** | *Good night* | goud naïtt |
| **Bonsoir** | *Good evening* | goud ïvninn |
| **Ça va** | *All right* | aulraïtt |
| **Certainement** | *Of course* | ov kauss |
| **C'est délicieux** | *It's delicious* | its dilicheuss |
| **C'est merveilleux** | *It's marvellous* | its mâveleuss |
| **C'est possible** | *It's possible* | its posseub'l |
| **Comment allez-vous ? Bien, merci, et vous ?** | *How are you? Well, thank you, and you?* | ha-au ar you? wèl, t'hannk you, annd you? |
| **Comprendre** | *(to) Understand* | Anndeustannd |
| **Déjeuner** | *(to) Lunch* | lAnnch |
| **De rien** | *You're welcome* | yau wèlkeum |
| **Dîner** | *(to) Dine* | daïnn |
| **Dormir** | *(to) Sleep* | slïp |
| **Enchanté** | *Enchanted, delighted* | inntchânntid, dilaïtid |
| **En retard** | *Late* | leïtt |
| **Entrez, je vous en prie** | *Please come in* | plïz kAm inn |
| **Excusez-moi** | *Excuse me* | ixkiouz mï |
| **Faim (j'ai)** | *I'm hungry* | aïm hAnngri |
| **Fatigué (je suis)** | *I'm tired* | aïm taïeud |
| **Froid (j'ai)** | *I'm cold* | aïm kOld |
| **Heureux** | *Happy* | hapi |
| **Instant** | *Moment* | mOmeunt |
| **Invitation** | *Invitation* | innviteïcheunn |
| **Inviter** | *(to) Invite* | innvaïtt |
| **Merci** | *Thank you* | t'hannk you |
| **Merci beaucoup** | *Thank you very much* | t'hannk you vèri mAtch |
| **Non** | *No* | nO |
| **Oui** | *Yes* | yèss |
| **Pardon** | *Sorry* | sori |
| **Parler** | *(to) Talk* | tauk |
| **Perdu (je suis)** | *I'm lost* | aïm lost |
| **Permettez-moi** | *Allow me* | elaou mï |
| **Peut-être** | *Perhaps* | peuhaps (praps) |
| **Pourquoi ?** | *Why?* | waï |
| **Pourriez-vous... ?** | *Could you...?* | koud you |

| | | |
|---|---|---|
| **Présenter** | *(to) Introduce* | inntrediouss |
| **Pressé (je suis)** | *I'm in a hurry* | aïm inn e'hAri |
| **Profession** | *Occupation, profession* | okioupeïcheunn, profècheunn |
| **Quand ?** | *When?* | wènn |
| **Quelle heure ? (à)** | *At what time?* | att watt taïm |
| **Regretter** | *(to) Regret* | rigrètt |
| **Répéter** | *(to) Repeat* | ripïtt |
| **S'il vous plaît** | *Please* | plïz |
| **Soif (j'ai)** | *I'm thirsty* | aïm t'heusti |
| **Sommeil (j'ai)** | *I'm sleepy* | aïm slïpi |
| **Très bien** | *Very well, excellent* | vèri wèl, èkseleunt |
| **Visiter** | *(to) Visit* | vizitt |
| **Volontiers** | *With pleasure* | wiz plèjeu |
| **Voudrais (je)** | *I'd like* | aïd laïk |

## Temps (climat)

***weather • climate***
wèzeu • (klaïmitt)

**Quel temps va-t-il faire ?**

**What'll the weather be like?**
wat'l ze wèzeu bï laïk?

Le ciel est clair, il va faire **beau** et froid... beau et chaud.

**The sky is clear, it's going to be fine and cold... fine and warm.**
ze skaï iz klïr its gOinn tou bï faïnn annd kOld... faïnn annd waum.

Il fait **chaud** et lourd.

**It's hot and heavy.**
its hott annd hèvi.

Les routes sont **gelées**.

**The roads are icy.**
ze rOdz ar aïssi.

Il va **neiger... pleuvoir.**

> **It's going to snow... to rain.**
> its gOinn tou snO... tou reïnn.

La **pluie...** l'**orage** menace.

> **Rain... a storm is threatening.**
> reïnn... e'staum iz t'hrètninn.

| Vocabulaire | | |
|---|---|---|
| **Air** | *Air* | air |
| **Averse** | *Downpour* | daounpau |
| **Bleu** | *Blue* | blou |
| **Briller** | *(to) Shine* | chaïnn |
| **Brouillard** | *Fog* | fog |
| **Brume** | *Mist* | mist |
| **Chaleur** | *Heat* | hïtt |
| **Chaud** | *Hot* | hOtt |
| **Ciel** | *Sky* | skaï |
| **Clair** | *Clear* | klïr |
| **Climat** | *Climate* | klaïmitt |
| **Couvert** | *Covered* | kAveud |
| **Dégagé** | *Clear* | klïr |
| **Éclair** | *Lightening* | laïtninn |
| **Éclaircie** | *Sunny spell* | sAni spèl |
| **Frais** | *Chilly* | tchili |
| **Froid** | *Cold* | kOld |
| **Gèle (il)** | *It's freezing* | its frïzinn |
| **Gelé(e)** | *Frozen* | frOz'n |
| **Glace** | *Ice* | aïss |
| **Grêle** | *Hail* | heïll |
| **Gris** | *Grey* | greï |
| **Humide** | *Damp, humid* | dammp, hioumid |
| **Mouillé(e)** | *Wet* | wètt |
| **Neige** | *Snow* | snO |
| **– (il)** | *It's snowing* | its snOinn |
| **Nuage** | *Cloud* | klaoud |
| **Nuageux** | *Cloudy* | klaoudi |
| **Orage** | *Storm* | staum |
| **Ouragan** | *Hurricane* | hArikeïnn |
| **Parapluie** | *Umbrella* | Ammbrèleu |

| | | |
|---|---|---|
| **Pleut (il)** | *It's raining* | Its reïninn |
| **Pleuvoir** | *(to) Rain* | reïnn |
| **Pluie** | *Rain* | reïnn |
| **Pluvieux** | *Rainy* | reïni |
| **Sec** | *Dry* | draï |
| **Soleil** | *Sun* | sAnn |
| **Sombre** | *Dark* | dâk |
| **Température** | *Temperature* | tèmpritcheu |
| **Tempéré** | *Temperate* | tèmperitt |
| **Temps (beau)** | *Fine weather* | faïnn wèzeu |
| **– (mauvais)** | *Bad weather* | bad wèzeu |
| **– variable** | *Changeable weather* | tcheïndjeb'l wèzeu |
| **Tonnerre** | *Thunder* | t'hAnndeu |
| **Tropical** | *Tropical* | tropikeul |
| **Vent** | *Wind* | winnd |
| **Verglacé(e)** | *Icy* | aïssi |
| **Verglas** | *Black ice* | blak aïss |

## Temps (durée)

***time • duration***
taïm • dioureïcheunn

**Quelle heure est-il ?**

**What time is it?**
watt taïm iz itt?

**Il est** quatre heures dix... et quart... et demie... moins le quart.

**It's ten past four... a quarter past four... half past four... a quarter to four.**
its tènn pâst fau... e'kwauteu pâst fau... hâf pâst fau... e'kwauteu tou fau.

**Depuis** une heure... huit heures du matin... deux jours... une semaine.

**Since one hour... since eight a.m. ... since two days... since one week.**

sinns wAnn aoueu... sinns eïtt eï èm...
sinns tou deïz... sinns wAnn wïk.

Combien de temps **dure** la représentation... le trajet ?

**How long does the performance... the trip take?**
ha-au lonng dAz ze peufaumeuns... ze trip teïk?

Cette horloge est-elle à l'**heure exacte** ?

**Does this clock give the right time?**
dAz ziss klok guiv ze raïtt taïm?

L'**horloge**... la montre... la pendule... avance... retarde.

**The clock... the watch... the clock... is fast... is slow.**
ze klok... ze wotch... ze klok... iz fâst... iz slO.

**Il y a** cinq... dix minutes... une heure... deux semaines... un an.

**Five... ten minutes... one hour... two weeks... one year ago.**
faïv... tènn minitts... wAnn aoueu... tou wïks... wAnn yieu egO.

Pendant la **matinée**... la **soirée**... la **journée**.

**In the morning... in the evening... during the day.**
inn ze mauninn... inn zi ïvninn... diourinn ze deï.

**Pendant** combien de temps ?

**For how long?**
fau ha-au lonng?

Prenons **rendez-vous** pour... à...

**Let's make an appointment to... at...**
lèts meïk eun epoïnntmeunt tou... att...

De **temps en temps.**

**From time to time.**
from taïm tou taïm.

| Vocabulaire | | |
|---|---|---|
| **Année** | *Year* | yieu |
| **– bissextile** | *Leap year* | lïp yieu |
| **– dernière** | *Last year* | lâst yieu |
| **– prochaine** | *Next year* | nèxt yieu |
| **Après** | *After* | âfteu |
| **Après-demain** | *The day after tomorrow* | ze deï âfteu toumorO |
| **Après-midi** | *Afternoon* | âfteunoun |
| **Attendre** | *(to) Wait* | weïtt |
| **Aujourd'hui** | *Today* | toudeï |
| **Automne** | *Autumn (US: Fall)* | auteum faul |
| **Autrefois** | *Long ago* | lonng egO |
| **Avancer** | *(to) Move forward* | mouv fauweud |
| **Avant** | *Before* | bifau |
| **Avant-hier** | *The day before yesterday* | ze deï bifau yèsteudeï |
| **Avenir** | *Future* | fioutcheu |
| **Calendrier** | *Calendar* | kaleundeu |
| **Commencement** | *Start* | stâtt |
| **Date** | *Date* | deïtt |
| **Délai** | *Delay* | dileï |
| **Demain** | *Tomorrow* | tourmorO |
| **Demi-heure** | *Half an hour* | hâf eun aoueur |
| **Depuis** | *Since* | sinns |
| **Dernier** | *Last* | lâst |
| **Été** | *Summer* | sAmeu |
| **Éternité** | *Eternity* | iteuniti |
| **Fin** | *End* | ènd |
| **Futur** | *Future* | fioutcheu |
| **Heure** | *Hour* | aoueu |
| **Hier** | *Yesterday* | yèsteudeï |
| **Hiver** | *Winter* | winnteu |
| **Instant** | *Instant* | innsteunt |

| | | |
|---|---|---|
| JOUR | *DAY* | deï |
| **Lundi** | *Monday* | mAnndeï |
| **Mardi** | *Tuesday* | tiouzdeï |
| **Mercredi** | *Wednesday* | wènzdeï |
| **Jeudi** | *Thursday* | t'heusdeï |
| **Vendredi** | *Friday* | fraïdeï |
| **Samedi** | *Saturday* | sateudeï |
| **Dimanche** | *Sunday* | sAnndeï |
| **Jour férié** | *Bank holiday* <br> *(US: Public holiday)* | bannk holideï <br> pAblik holideï |
| **– ouvrable** | *Work day* | weuk deï |
| **Matin** | *Morning* | mauninn |
| **Midi** | *Midday, noon* | mid-deï, noun |
| **Milieu** | *Middle* | mid'l |
| **Minuit** | *Midnight* | midnaïtt |
| **Minute** | *Minute* | minitt |
| MOIS | *MONTH* | mAnnt'h |
| **Janvier** | *January* | djanioueri |
| **Février** | *February* | fèbroueri |
| **Mars** | *March* | mâtch |
| **Avril** | *April* | eïpreul |
| **Mai** | *May* | meï |
| **Juin** | *June* | djoun |
| **Juillet** | *July* | djoulaï |
| **Août** | *August* | augueust |
| **Septembre** | *September* | sèptèmbeu |
| **Octobre** | *October* | oktObeu |
| **Novembre** | *November* | novèmbeu |
| **Décembre** | *December* | dissèmbeu |
| **Moment** | *Moment* | mOmeunt |
| **Nuit** | *Night* | naïtt |
| **Passé** | *Past* | pâst |
| **Passer le temps** | *(to) Spend time* | spènd taïm |
| **Présent** | *Present* | prèz'nt |
| **Printemps** | *Spring* | sprinng |
| **Quand** | *When* | wènn |
| **Quart d'heure** | *Quarter of an hour* | kwauteu ov eun aoueu |
| **Quinzaine** | *Fortnight* <br> *(US: Two weeks)* | fautnaïtt <br> tou wïks |
| **Quotidien** | *Daily* | deïli |
| **Retard** | *Delay* | dileï |
| **Retarder** | *(to) Delay* | dileï |
| **Saison** | *Season* | sïz'n |
| **Seconde** | *Second* | sèkeund |

| | | |
|---|---|---|
| **Semaine** | *Week* | wïk |
| **– dernière** | *Last week* | lâst wïk |
| **– prochaine** | *Next week* | nèxt wïk |
| **Siècle** | *Century* | sèntchiouri |
| **Soir** | *Evening* | ïvninn |
| **Soirée** | *Evening* | ïvninn |
| **Tard** | *Late* | leïtt |
| **Veille** | *Day before* | deï bifau |
| **Vite** | *Quick* | kwik |
| **Week-end** | *Week-end* | wïkènd |

# En cas de problème

## Police

*police*
peulïss

**Où est le commissariat de police le plus proche ?**

**Where is the nearest police station?**
wair iz ze nieurèst peulïss steïcheunn?

Pouvez-vous m'**aider** ?

**Can you help me?**
kann you hèlp mï?

C'est **arrivé** à l'hôtel... dans ma chambre... dans la rue... dans ma voiture... ce matin... cette nuit... hier... maintenant.

**It happened at my hotel... in my room... in the street... in my car (*US:* automobile)... this morning... last night... yesterday... just now.**
itt hapeund att maï hOtèl... inn maï roum... inn ze strïtt... inn maï kâr (automebïl)... ziss mauninn... lâst naïtt... yèsteudeï... djAst na-au.

Je voudrais faire une **déclaration** de perte... de vol.

**I want to declare having lost... having been robbed of...**
aï wannt tou diklair havinn lost... havinn bïn robd ov...

On m'a volé... j'ai **perdu**... mon sac... mes papiers... mon passeport... ma valise... ma voiture... mon appareil photo.

**I've been robbed of... I've lost... my bag... my papers... my passport... my suitcase... my car (*US:* automobile)... my camera.**

aïv bïn robd ov... aïv lost... maï bag... maï peïpeuz... maï pâsspautt... maï soutkeïss... maï kâr (automebïl)... maï kamereu.

Je veux **porter plainte.**

**I want to lodge a complaint.**
aï wannt tou lodj e'kommpleïnnt.

On a **volé** dans ma voiture.

**There's been a theft from my car.**
zairz bïn e't'hèft from maï kâr.

| Vocabulaire | | |
|---|---|---|
| **Abîmer** | *(to) Damage* | damidj |
| **Accident** | *Accident* | aksideunt |
| **Accuser** | *(to) Accuse* | ekiouz |
| **Agent de police** | *Policeman* | peulïsmann |
| **Agression** | *Attack* | etak |
| **Ambassade** | *Embassy* | èmbeussi |
| **Amende** | *Fine* | faïnn |
| **Appareil photo** | *Camera* | kamereu |
| **Argent** | *Money* | mAni |
| **Assurance** | *Insurance* | innchourèns |
| **Avocat** | *Lawyer* | loïeu |
| **Bijoux** | *Jewels* | djou-eulz |
| **Certifier** | *(to) Certify* | seutifaï |
| **Collier** | *Necklace* | nèkliss |
| **Condamner** | *(to) Condemn* | konndèm |
| **Consulat** | *Consulate* | konnsioulitt |
| **Contravention** | *Fine* | faïnn |
| **Déclaration** | *Declaration* | dèklereïcheunn |
| **Défendre** | *(to) Defend* | difènd |
| **Drogue** | *Drugs* | drAgz |
| **Enquête** | *Inquiry* | innkwaïeri |
| **Erreur** | *Error, mistake* | èrreu, misteïk |
| **Examiner** | *(to) Examine* | igzaminn |
| **Expertise** | *Expert valuation* | èxpeutt valioueïcheunn |
| **Fourrière** | *Pound* | paound |
| **Fracturer** | *(to) Fracture* | frakcheur |

| | | |
|---|---|---|
| **Innocent** | *Innocent* | ineusseunt |
| **Menacer** | *(to) Menace* | mèniss |
| **Nier** | *(to) Deny* | dinaï |
| **Passeport** | *Passport* | pâsspautt |
| **Perte** | *Loss* | loss |
| **Poche** | *Pocket* | pokitt |
| **Police (commissariat de)** | *Police station* | peulïss steïcheunn |
| **Portefeuille** | *Purse, wallet* | peuss, walitt |
| **Procès** | *Lawsuit* | lausioutt |
| **Procès-verbal** | *Charge* | tchâdj |
| **Responsable** | *Responsible* | risponnsib'l |
| **Sac** | *Bag* | bag |
| **Sac à main** | *Handbag*<br>*(US: Purse)* | hanndbag<br>peuss |
| **Saisir** | *(to) Seize* | sïz |
| **Secours** | *Help* | hèlp |
| **Témoin** | *Witness* | witniss |
| **Valise** | *Suitcase* | soutkeïss |
| **Voiture** | *Car* | kâr |
| **Vol** | *Theft, robbery* | t'hèft, roberi |
| **Voleur** | *Thief, robber* | t'hïf, robeu |

## Santé

***health***
hèlt'h

J'ai une **allergie** à...

**I'm allergic to...**
aïm eleudjik tou...

Voulez-vous **appeler** un médecin ?

**Call a doctor, please.**
kaul e'docteu, plïz.

Où puis-je trouver un **dentiste** ?

**Where can I find a dentist?**
wair kann aï faïnnd e dèntist?

Je ne connais pas mon **groupe sanguin**.

> **I dont' know my blood group.**
> aï dOnnt nO maï blAd group.

Mon **groupe sanguin** est...

> **My blood group is...**
> maï blAd group iz...

Je suis (il ou elle est) **hémophile**.

> **I'm (he or she is) haemophiliac.**
> aïm (hï or chï iz) hïmOfiliak.

Où se trouve l'**hôpital** ?

> **Where's the hospital?**
> wairz ze hospit'l?

Où est la **pharmacie** la plus proche ?

> **Where's the nearest chemist?**
> wairz ze nieurèst kèmist?

Je voudrais un **rendez-vous** le plus tôt possible.

> **I'd like an appointment as soon as possible.**
> aïd laïk eun epoïnntmeunt az soun az posseub'l.

Envoyez-moi du **secours** !

> **Send for help!**
> sènd fau hèlp!

C'est **urgent** !

> **It's an emergency!**
> its eun imeudjeunsi!

| Unités de soins | | |
|---|---|---|
| **Cardiologie** | *Cardiology* | kardioleudji |
| **Chirurgie** | *Surgery* | seudjeri |
| **Consultation** | *Consultation* | konnseulteïcheunn |
| **Dermatologie** | *Dermatology* | deumetoleudji |
| **Gastro-entérologie** | *Gastro-enterology* | gastrO-ènteuroleudji |

| | | |
|---|---|---|
| **Gynécologie** | *Gynaecology* | gaïnikoleudji |
| **Infirmerie** | *Infirmary* | innfeumeri |
| **Médecine générale** | *General medicine* | djèneureul mèdsinn |
| **Neurologie** | *Neurology* | nieuroleudji |
| **Obstétrique** | *Obstetrics* | obstètriks |
| **Ophtalmologie** | *Ophthalmology* | oft'halmoleudji |
| **Oto-rhino-laryngologie** | *Otorhinolaryngology (ear-nose and throat)* | otoraïnolarinngoleudji ieu-nOz annd t'hrOtt |
| **Pédiatrie** | *Paediatrics* | pïdiatriks |
| **Pneumologie** | *Pneumology* | nioumoleudji |
| **Radiologie** | *Radiology* | reïdioleudji |
| **Urgences** | *Emergencies* | imeudjeunsiz |
| **Urologie** | *Urology* | iouroleudji |

## Dentiste

*dentist*
dèntist

Je veux une **anesthésie.**

**I want an anaesthetic.**
aï wannt eun anist'hètik.

Cette **dent** bouge.

**This tooth is loose.**
ziss tout'h iz louss.

Il faut **extraire** la dent.

**The tooth must be extracted.**
ze tout'h mAst bï ixtraktid.

Ma **gencive** est douloureuse.

**My gum is sore.**
maï gAm iz sau.

J'ai très **mal** en bas... devant... au fond... en haut.

**It hurts down here... in front... at the back... up here.**

itt heutts daoun hieu... inn frAnnt... att ze bak... Ap hieu...

J'ai perdu mon **plombage**... ma couronne.

**I've lost a filling... a crown.**
aïv lost e'filinn... e'kraoun.

**Rincez**-vous.

**Rince your mouth.**
rïnns yau maout'h.

Je préférerais des **soins provisoires**.

**I'd rather a temporary treatment.**
aïd râzeu e'tèmpereri trïtmeunt.

| VOCABULAIRE | | |
|---|---|---|
| **Abcès** | *Abscess* | absiss |
| **Anesthésie** | *Anaesthetic* | anist'hètik |
| **Appareil** | *Brace* | breïs |
| **Bouche** | *Mouth* | maout'h |
| **Bridge** | *Bridge* | bridj |
| **Cabinet de consultation** | *Consulting room* | konnseultinn roum |
| **Carie** | *Decay* | dikeï |
| **Couronne** | *Crown* | kraoun |
| **Dent** | *Tooth* | tout'h |
| **Dent de sagesse** | *Wisdom tooth* | wizdeum tout'h |
| **Dentier** | *Denture* | Dèntcheu |
| **Gencive** | *Gum* | gAm |
| **Incisive** | *Incisor* | innsaïzeu |
| **Inflammation** | *Inflammation* | innflemeïcheunn |
| **Mâchoire** | *Jaw* | djau |
| **Molaire** | *Molar* | mOleu |
| **Obturer** | *(to) Fill* | fil |
| **Pansement** | *Temporary filling* | tèmpereri filinn |
| **Piqûre** | *Injection* | inndjèkcheunn |
| **Plombage** | *Filling* | filinn |
| **Saigner** | *(to) Bleed* | blïd |

## Hôpital • médecin

*hospital • doctor*
hospit'l • dokteu

J'**ai** des coliques... des courbatures.
**I've got diarrhoea... aches and pains.**
aïv gott daïeurieu... eïks annd peïnnz.

J'**ai** de la fièvre... des frissons.
**I've got a fever / a temperature... I'm shivery.**
aïv gott e'fïveu / e'tèmpritcheu... aïm chiveri.

J'**ai** des insomnies.
**I can't sleep.**
aï kannt slïp.

J'**ai** la nausée.
**I'm feeling nauseous, sick.**
aïm filinn nauzieuss, sik.

J'**ai** des vertiges.
**I'm feeling dizzy.**
aïm fïlinn dizi.

Des **analyses** sont nécessaires.
**Some tests are necessary.**
sAm tèsts ar nècisseri.

Je suis **cardiaque**.
**I have cardiac trouble.**
aï hav kâdiak trAbl.

Je suis **enceinte**.
**I'm pregnant.**
aïm prègneunt.

Depuis combien de **temps** ?

**Since when?**
sïnns wènn?

À quelle **heure** est la consultation ?

**At what time is the consultation?**
att watt taïm iz ze konnseulteïcheunn?

Il faut aller à l'**hôpital**.

**You must go to hospital.**
you mAst gO tou hospit'l.

Vous avez une **infection**.

**You've got an infection.**
youv gott eun innfèkcheunn.

J'ai **mal** ici... dans le dos... à la gorge... à la tête... au ventre.

**I've got a pain here... in my back... in my throat... in my head... in my stomach.**
aïv gott e'peïnn hieu... inn maï bak... inn maï t'hrOtt... inn maï hèd... inn maï stAmeuk.

Je suis **malade**.

**I'm sick / ill.**
aïm sik / il.

Nous devons **opérer**.

**We'll have to operate.**
wïl hav tou opereïtt.

**Ouvrez** la bouche.

**Open your mouth.**
Op'n yau maout'h.

Je vais vous faire une **piqûre.**

**I'm going to give you an injection.**
aïm gOinn tou guiv you eun innjèkcheunn.

**Respirez** à fond.

**Breathe deeply.**
brïz dïpli.

Je ne me **sens** pas bien.

**I don't feel well.**
aï dOnnt fïl wèl.

Êtes-vous vacciné contre le **tétanos** ?

**Are you vaccinated against tetanus?**
ar you vaxineïtid egueïnnst téteneus?

**Tirez** la langue.

**Stick your tongue out.**
stik yau tAnng aoutt.

**Toussez.**

**Cough.**
kof.

| Vocabulaire | | |
|---|---|---|
| **Abcès** | *Abscess* | absiss |
| **Allergique** | *Allergic* | eleudjik |
| **Ambulance** | *Ambulance* | ammbiouleuns |
| **Ampoule** | *Blister* | blisteu |
| **Anesthésie** | *Anaesthetic* | anist'hètik |
| **Angine** | *Sore throat* | sau t'hrOtt |
| **– de poitrine** | *Angina (pectoris)* | anndjaïneu (pèktoriss) |
| **Appendicite** | *Appendicitis* | eupèndisaïtiss |
| **Artère** | *Artery* | âteri |
| **Articulation** | *Articulation, joint* | âtikiouleïcheunn, djoïnnt |
| **Asthme** | *Asthma* | assmeu |
| **Avaler** | *(to) Swallow* | swalO |

| | | |
|---|---|---|
| **Blessure** | *Wound* | wound |
| **Bouche** | *Mouth* | maout'h |
| **Bras** | *Arm* | âm |
| **Brûlure** | *Burn* | beunn |
| **Cabinet de consultation** | *Consulting room* | konnseultinn roum |
| **Cardiaque** | *Cardiac* | kâdiak |
| **Cheville** | *Ankle* | annk'l |
| **Choc (état de)** | *State of shock* | steïtt ov chok |
| **Cœur** | *Heart* | hâtt |
| **Colique hépatique** | *Hepatic colic* | hepatik kolik |
| **– néphrétique** | *Nephritic –* | nèfritik |
| **Colonne vertébrale** | *Spine* | spaïnn |
| **Constipation** | *Constipation* | konnstipeïcheunn |
| **Convulsion** | *Convulsion* | konnvAlcheunn |
| **Coqueluche** | *Whooping cough* | houpinn kof |
| **Côte** | *Rib* | rib |
| **Cou** | *Neck* | nèk |
| **Coude** | *Elbow* | èlbO |
| **Coup de soleil** | *Sunburn* | sAnnbeunn |
| **Coupure** | *Cut* | kAtt |
| **Crampe** | *Cramp* | krammp |
| **Cuisse** | *Thigh* | t'haï |
| **Délire** | *Delirium* | dilirieum |
| **Dépression** | *Depression* | diprècheunn |
| **Diabétique** | *Diabetic* | daïeubètik |
| **Diarrhée** | *Diarrhoea* | daïeurïeu |
| **Digérer** | *(to) Digest* | daïdjèst |
| **Doigt** | *Finger* | finngueu |
| **Douleur** | *Pain* | peïnn |
| **Droite (à)** | *To the right* | tou ze raïtt |
| **Enceinte** | *Pregnant* | prègneunt |
| **Entorse** | *Sprain* | spreïnn |
| **Épaule** | *Shoulder* | chOldeu |
| **Estomac** | *Stomach* | stAmeuk |
| **Fièvre** | *Fever, temperature* | fiveu, tèmpritcheu |
| **Foie** | *Liver* | liveu |
| **Foulure** | *Sprain* | spreïnn |
| **Fracture** | *Fracture* | fraktcheu |
| **Furoncle** | *Boil* | boïll |
| **Gauche (à)** | *To the left* | tou ze lèft |

| | | |
|---|---|---|
| **Genou** | *Knee* | nï |
| **Gorge** | *Throat* | t'hrOtt |
| **Grippe** | *Flu* | flou |
| **Hanche** | *Hip* | hip |
| **Hématome** | *Bruise* | brouz |
| **Hémophile** | *Haemophiliac* | himOfiliak |
| **Hémorroïdes** | *Haemorrhoids* | hèmeroïdz |
| **Indigestion** | *Indigestion* | inndidjèstcheunn |
| **Infarctus** | *Stroke* | strOk |
| **Infection** | *Infection* | innfèkcheunn |
| **Inflammation** | *Inflammation* | innflemeïcheunn |
| **Insolation** | *Sunstroke* | sAnnstrOk |
| **Intestins** | *Intestine* | inntèstinn |
| **Jambe** | *Leg* | lèg |
| **Langue** | *Tongue* | tAnng |
| **Lèvres** | *Lips* | lips |
| **Mâchoire** | *Jaw* | djau |
| **Main** | *Hand* | hannd |
| **Médecin** | *Doctor* | dokteu |
| **Médicament** | *Drug, medicine* | drAg, mèdsinn |
| **Morsure de chien** | *Dog bite* | dog baïtt |
| **– de serpent** | *Snake bite* | sneïk baïtt |
| **Muscle** | *Muscle* | mAss'l |
| **Nausée** | *Nausea* | nauzieu |
| **Nerf** | *Nerve* | neuv |
| **Nez** | *Nose* | nOz |
| **Œil** | *Eye* | aï |
| **Ordonnance** | *Prescription* | priskripcheunn |
| **Oreilles** | *Ears* | ieuz |
| **Oreillons** | *Mumps* | mAmmps |
| **Orgelet** | *Stye* | staï |
| **Os** | *Bone* | bOnn |
| **Otite** | *Earache* | ieureïk |
| **Peau** | *Skin* | skinn |
| **Pied** | *Foot* | foutt |
| **Piqûre d'abeille** | *Bee sting* | bï stinng |
| **– d'insecte** | *Insect bite* | innsèkt baïtt |
| **– de méduse** | *Jellyfish sting* | djèlifich stinng |
| **Pleurésie** | *Pleurisy* | plourizi |
| **Poitrine** | *Chest* | tchèst |
| **Poumon** | *Lung* | lAnng |

| | | |
|---|---|---|
| **Prostate** | *Prostate* | prosteïtt |
| **Refroidissement** | *Chill* | tchil |
| **Rein** | *Kidney* | kidni |
| **Respirer** | *(to) Breathe* | brïz |
| **Rhumatisme** | *Rheumatism* | roumetizeum |
| **Rhume** | *Cold* | kOld |
| **Rotule** | *Kneecap, patella* | nïkap, petèleu |
| **Rougeole** | *Measles* | mïz'lz |
| **Rubéole** | *German measles* | djeumeun mïz'lz |
| **Sang** | *Blood* | blAd |
| **Scarlatine** | *Scarlet fever* | skâlitt fiveu |
| **Sciatique** | *Sciatica* | saïatikeu |
| **Sein** | *Breast* | brèst |
| **Selles** | *Stools* | stoulz |
| **Sida** | *A.I.D.S.* | eïdz |
| **Sinusite** | *Sinusitis* | saïnezaïtiss |
| **Somnifère** | *Sleeping pill* | slïpinn pil |
| **Stérilet** | *I.U.D.* | aï you dï |
| **Système nerveux** | *Nervous system* | neuveuss sisteum |
| **Talon** | *Heel* | hïl |
| **Tendon** | *Tendon* | tèndeunn |
| **Tension** | *Pressure* | prècheu |
| **Tête** | *Head* | hèd |
| **Toux** | *Cough* | kof |
| **Tranquillisant** | *Tranquillizer* | trannkwil-laïzeu |
| **Ulcère** | *Ulcer* | Alseu |
| **Urine** | *Urine* | iourinn |
| **Varicelle** | *Chicken pox* | tchikeun pox |
| **Veine** | *Vein* | veïnn |
| **Vésicule** | *Spleen* | splïnn |
| **Vessie** | *Bladder* | blAddeu |
| **Visage** | *Face* | feïss |

## Pharmacie

*chemist*
kèmist

**Pouvez-vous m'indiquer une pharmacie de garde ?**

**Where can I find a chemist in service?**
wair kann aï faïnnd e'kèmist inn seuviss?

Avez-vous ce **médicament** sous une autre forme ?

**Do you have this drug in another form?**
dou you hav ziss drAg inn enazeu faum?

Pouvez-vous me préparer cette **ordonnance** ?

**Can you make this prescription up for me?**
kann you meïk ziss priskriptcheunn Ap fau mï?

J'ai besoin d'un **remède** contre le mal de tête.

**I need a remedy for a headache.**
aï nïd e'rèmeudi fau e'hèdeïk.

Avez-vous quelque chose pour **soigner** la toux ?

**Do you have something for a cough?**
dou you hav sAmt'hinn fau e'kof?

| Vocabulaire | | |
|---|---|---|
| **À jeun** | *With an empty stomach* | wiz eun èmpti stAmeuk |
| **Alcool** | *Alcohol* | alkeuhol |
| **Analyse** | *Analysis* | eunaleuziss |
| **Antidote** | *Antidote* | anntidOtt |
| **Antiseptique** | *Antiseptic* | anntisèptik |
| **Aspirine** | *Aspirin* | asprinn |

| | | |
|---|---|---|
| **Bactéricide** | *Bactericidal* | baktieuri-saïd'l |
| **Bandage** | *Bandage* | banndidj |
| **Bouillotte** | *Hot-water bottle* | hott wauteu bot'l |
| **Calmant** | *Tranquillizer* | trannkwil-laïzeu |
| **Collyre** | *Eyewash* | aïwoch |
| **Compresse** | *Compress* | kommprèss |
| **Comprimé** | *Tablet* | tablitt |
| **Contraceptif** | *Contraceptive* | konntresèptiv |
| **Coton** | *Cotton wool* | kot'n woul |
| **Coup de soleil** | *Sunburn* | sAnnbeunn |
| **Désinfectant** | *Disinfectant* | dizinnfèkteunt |
| **Gouttes pour le nez** | *Nose drops* | nOz drAps |
| **– pour les oreilles** | *Eardrops* | ieurdrAps |
| **– pour les yeux** | *Eyedrops* | aïdrAps |
| **Laxatif** | *Laxative* | laxeutiv |
| **Mouchoirs en papier** | *Paper handkerchiefs* | peïpeu hannkeutchifs |
| **Ordonnance** | *Prescription* | priskripcheunn |
| **Pansement** | *Bandage* | banndidj |
| **Pharmacie de garde** | *Chemist in service* | kèmist inn seuviss |
| **Pilule contraceptive** | *Contraceptive pill* | konntresèptiv pil |
| **Pommade contre les brûlures** | *Burn ointment* | beunn oïntmeunt |
| **– antiseptique** | *Disinfecting ointment* | dizinnfèktinn oïntmeunt |
| **Préservatifs** | *Preservatives, condoms* | prizeuvetivz, konndeumz |
| **Produit antimoustique** | *Mosquito repellent* | moskïtO ripèleunt |
| **Serviettes hygiéniques** | *Sanitary towels* | saniteri taoeulz |
| **Sirop** | *Syrup* | sireup |
| **Somnifère** | *Sleeping pill* | slïpinn pil |
| **Sparadrap** | *Sticking plaster (US: Adhesive tape)* | stikinn plâsteu eudhïziv teïp |
| **Suppositoires** | *Suppositories* | seupoziteriz |
| **Thermomètre** | *Thermometer* | t'heumomiteu |
| **Tranquillisant** | *Tranquillizer* | trannkwil-laïzeu |
| **Tricostéril** | *Sterile compress* | stèraïll kommprèss |
| **Trousse d'urgence** | *First-aid box* | feust eïd box |
| **Vitamine** | *Vitamin* | viteuminn |
| **Vitamine C** | *Vitamin C* | viteuminn sï |

## Voiture

***car* • *US: automobile***
kâr • automebïl

## Accident

***accident***
aksideunt

Il m'est arrivé un **accident**.

**I've had an accident.**
aïv had eun aksideunt.

Il y a eu un **accident** sur la route de... au croisement de... à environ... kilomètres de...

**There's been an accident on the road to... at the crossroads of... at approximately... miles from...**
zairz bïnn eun aksideunt onn ze rOd tou... att ze krossrOdz ov... att eproximeutli... maïlliz from...

Pouvez-vous m'**aider** ?

**Can you help me?**
kann you hèlp mï?

**Appelez** vite une ambulance... un médecin... la police.

**Call an ambulance... a doctor... the police quickly.**
kaul eun ammbiouleuns... e'dokteu... ze peulïss kwikli.

Il y a des **blessés**.

**There are people injured.**
zair ar pïp'l inndjeud.

Ne **bougez** pas.

> **Don't move.**
> dOnnt mouv.

Coupez le **contact**.

> **Switch off the ignition.**
> switch of zi ig-nicheunn.

J'ai un **contrat d'assistance internationale**.

> **I've got an international assistance contract.**
> aïv gott eun innteunachneul eussisteuns konntrakt.

Il faut **dégager** la voiture.

> **The car must be moved.**
> ze kar mAst bï mouvd.

Donnez-moi les **documents de la voiture**... l'attestation d'assurance... la carte grise.

> **Give me the car papers... the insurance papers... the car licence.**
> guiv mï ze kâr peïpeuz... zi innchourèns peïpeuz... ze kâr laïsseuns.

Voici mon **nom et mon adresse**.

> **Here's my name and address.**
> hieuz maï neïm annd edrèss.

Donnez-moi vos **papiers**, votre permis de conduire.

> **Give me your papers, your driving licence.**
> guiv mï yau peïpeuz yau draïvinn laïsseuns.

Puis-je **téléphoner** ?

> **May I make a phone call?**
> meï aï meïk e'fOnn kaul?

Acceptez-vous de **témoigner** ?
**Will you act as a witness?**
wil you akt az e'witniss?

Ne **touchez pas au blessé**.
**Don't touch the injured person.**
dOnnt tAtch zi inndjeud peus'n.

Avez-vous une **trousse de secours** ?
**Do you have a first-aid box?**
dou you hav e'feust eïd box?

## Garage

*garage*
garâj

Pouvez-vous recharger la **batterie**, ?
**Can you recharge the battery, please?**
kann you ritchâdj ze bateuri plïz?

Le moteur **cale**.
**The engine keeps stalling.**
zi èndjinn kïps staulinn.

Il est nécessaire de **changer** le (la)...
**The... will have to be replaced.**
ze... wil hav tou bï ripleïse'd.

Combien **coûte** la réparation ?
**How much does the repair cost?**
ha-au mAtch dAz ze ripair kost?

La voiture ne **démarre** pas.
**The car won't start.**
ze kar wonnt stâtt.

L'**embrayage** patine.

**The clutch slips.**
ze klAtch slips.

Le radiateur **fuit**.

**The radiator's leaking.**
ze reïdieïteuz lïkinn.

Il y a une **fuite** d'huile.

**There's an oil leak.**
zairz eun oïll lïk.

Puis-je **laisser la voiture** maintenant ?

**May I leave my car now?**
meï aï lïv maï kâr na-au?

Le **moteur** chauffe trop.

**The engine overheats.**
zi èndjinn Oveuhïtts.

Avez-vous la **pièce de rechange** ?

**Do you have the spare part?**
dou you hav ze spair pâtt?

Pouvez-vous changer le **pneu** ?

**Can you change my tyre?**
kann you tcheïndj maï taïeu?

Quand sera-t-elle **prête** ?

**When will it be ready?**
wènn wil itt bï rèdi?

Pouvez-vous **vérifier** l'allumage... la direction... les freins... l'huile... le circuit électrique ?

**Please can you check the ignition... the steering... the brakes... the oil... the circuits?**
plïz kann you tchèk zi ig-nicheunn... ze stïrinn... ze breïks... zi oïll... ze seukitts?

Les **vitesses** passent mal.

**It's difficult to change (*US: shift*) gear.**
its difikeult tou tcheïndj (chift) guieu.

## Panne

*breakdown*
breïkdaoun

**Ma voiture est en panne.**

**My car has broken down.**
maï kar haz brOk'n daoun.

Pouvez-vous m'**aider** à pousser... à changer la roue ?

**Can you help me to push... to change the wheel?**
kann you hèlp mï tou pouch... tou tcheïndj ze wïl?

Combien de temps faut-il **attendre** ?

**How long will I have to wait?**
ha-au lonng wil aï hav tou weïtt?

Pouvez-vous me **conduire** à... ?

**Can you drive me to...?**
kann you draïv mï tou...?

Peut-on faire venir un **dépanneur** ?

**Can you call a breakdown mechanic?**
kann you kaul e'breïkdaoun mikanik?

Où est le **garage** le plus proche ?

**Where's the nearest garage?**
wairz ze nieurèst garidj?

Pouvez-vous me **remorquer** ?

**Can you tow me?**
kann you t**O** mï?

Y a-t-il un **service de dépannage** ?

**Is there a breakdown service?**
iz zair e'br**eï**kdaoun s**eu**viss?

La **station-service** est-elle loin ?

**Is the service station far?**
iz ze s**eu**viss st**eï**cheunn f**âr**?

D'où peut-on **téléphoner** ?

**Where can I make a phone call?**
w**air** kann aï m**eï**k e'f**O**nn k**au**l?

Me permettez-vous d'**utiliser votre téléphone** ?

**May I use your phone, please?**
meï aï **iouz** yau f**O**nn, plïz?

# Transports • déplacements

## Agence de voyages

*travel agency*
trav'l eïdjeunsi

Pouvez-vous m'indiquer une **agence de voyages** ?

**Where can I find a travel agency?**
wair kann aï faïnnd e'trav'l eïdjeunsi?

**Bonjour** !*

**Good morning!... good afternoon!... good evening!**
goud m**au**ninn!... goud âfteun**ou**n!... goud ïvninn!

* En Angleterre et aux États-Unis, on spécifie le moment de la journée : matin, après-midi, soir.

J'**aimerais**...

**I'd like...**
aïd laïk...

**Auriez**-vous... ?

**Do you have...?**
dou you hav...?

Acceptez-vous les **cartes de crédit**... les traveller's chèques ?

**Do you accept credit cards... traveller's checks?**
dou you eksèpt kréditt kâdz... travleuz tchèks?

Pourriez-vous m'organiser un **circuit** partant de... passant par... pour aller à... ?

**Can you organize a tour for me leaving from... going through... to get to...?**

kann you **au**gueuna**ï**z e'**tau** fau mï lïvinn from... g**O**inn t'hrou... tou gu**è**tt tou...?

Cela me **convient**.

**That suits me.**
zatt s**iou**ts mï.

Combien cela **coûte**-t-il ?

**How much does this cost?**
ha-au m**A**tch d**A**z ziss k**o**st?

Pour la visite, avez-vous un **guide parlant français** ?

**Do you have a French-speaking guide for the visit?**
dou you h**a**v e'fr**è**ntch-sp**ï**kinn ga**ï**d fau ze v**i**zitt?

J'aimerais **modifier** le parcours.

**I'd like to change the route.**
aïd la**ï**k tou tche**ï**ndj ze r**ou**tt.

Pouvez-vous me **proposer** un autre circuit ?

**Can you suggest me another tour?**
kann you seudj**è**st mï en**A**zeu t**au**?

Le **transfert** (transport) à la gare... à l'aéroport... de l'hôtel à la gare est-il inclus ?

**Is the transfer (transport) to the station... to the airport... from the hotel to the station included?**
iz ze tr**a**nnsfeu (tr**a**nnspautt) tou ze ste**ï**cheunn... tou zi **è**pautt... from zi h**O**t**è**l tou ze ste**ï**cheunn inncl**ou**did?

Merci, au revoir !

**Thank you, goodbye!**
t'h**a**nnk you, goud ba**ï**!

# Transports • déplacements

| Vocabulaire | | |
|---|---|---|
| **Annuler** | *(to) Cancel* | kanns'l |
| **Arriver** | *(to) Arrive* | eraïv |
| **Assurance** | *Insurance* | innchourèns |
| **Avion** | *Plane* | pleïnn |
| **Bagage(s)** | *Luggage*<br>*(US: Baggage)* | lAguidj<br>baguidj |
| **– (excédent de)** | *Excess* | iksèss |
| **Billet** | *Ticket* | tikitt |
| **– plein tarif** | *Full-fare* | foul fair |
| **– demi-tarif** | *Half-fare* | hâf fair |
| **– aller-retour** | *Return-fare*<br>*(US: Round-fare)* | riteun-fair<br>raound fair |
| **– de groupe** | *Group-fare* | group fair |
| **Boisson** | *Drink* | drinnk |
| **Cabine** | *Cabin* | kabinn |
| **Chambre** | *Room* | roum |
| **Changer** | *(to) Change* | tcheïndj |
| **Circuit** | *Tour* | tau |
| **Classe (première)** | *First class* | feust klâss |
| **– (seconde)** | *Second class* | sèkeund klâss |
| **– touriste** | *Economy class* | iconemi klâss |
| **– affaires** | *Business class* | bizniss klâss |
| **Compartiment** | *Compartment* | kommpâtmeunt |
| **Confirmer** | *(to) Confirm* | konnfeum |
| **Correspondance** | *Correspondance* | korisponn-deuns |
| **Couchette** | *Couchette* | kouchètt |
| **Couloir** | *Corridor* | koridau |
| **Croisière** | *Cruise* | krouz |
| **Escale** | *Stopover* | stopOveu |
| **Excursion** | *Excursion* | ixkeucheunn |
| **Fenêtre** | *Window* | winndO |
| **Fumeurs — Non-fumeurs** | *Smoker — Non smoker* | smOkeu — nonn smOkeu |
| **Guide** | *Guide* | gaïd |
| **Inclus** | *Included* | inncloudid |
| **Indicateur des chemins de fer** | *Train timetable*<br>*(US: Schedule)* | treïnn taïmteïb'l<br>skèdioul |
| **Randonnée** | *Excursion* | ixkeucheunn |
| **Repas** | *Meal* | mïl |

| | | |
|---|---|---|
| **Réservation** | *Booking* (*US: Reservation*) | boukinn rèzeveïcheunn |
| **Retard** | *Delay* | dileï |
| **Route** | *Route* | routt |
| **Saison (basse)** | *Low season* | lO sïzeunn |
| **– (haute)** | *High season* | haï sïzeunn |
| **Supplément** | *Supplement* | sAplimeunt |
| **Train** | *Train* | treïnn |
| **Trajet** | *Journey* | djeuni |
| **Transfert** | *Transfer* | trannsfeu |
| **Valise** | *Suitcase* | soutkeïss |
| **Voiture** | *Car* (*US: Automobile*) | kâr automebïl |
| **Vol** | *Flight* | flaïtt |
| **Wagon-lit** | *Sleeping-car* | slïpinn kâr |

## Autobus

*bus*
bAss

**Où est la station du bus qui va à... ?**

**Where's the bus station to...?**
wair iz ze bAss steïcheunn tou...?

Pouvez-vous m'**arrêter** à... ?

**Can you stop me off at...?**
kann you stop mï of att...?

Je voudrais un (des) **billet**(s) pour...

**I want a ticket (some tickets) to...**
aï wannt e'tikitt (sAm tikitts) tou...

Faut-il **changer** de bus ?

**Do I have to change buses?**
dou aï hav tou tcheïndj bAss'z?

**Combien coûte** le trajet jusqu'à... ?

**How much is the fare to...?**
ha-au mAtch iz ze fair tou...?

Cette place est-elle libre ?

**Is this seat free?**
iz ziss sïtt frï?

Pouvez-vous me prévenir quand je devrai **descendre** ?

**Can you tell me when I have to get off?**
kann you tèl mï ouènn aï hav tou guètt of?

À quelle **heure** passe le dernier bus ?

**At what time does the last bus pass?**
att watt taïm dAz ze lâst bAss pâss?

Avez-vous un **plan du réseau** ?... Un horaire ?

**Do you have a bus map... a timetable (*US: schedule*)?**
dou you hav e'bAss map... e'taïmteïb'l (skèdioul)?

| Vocabulaire | | |
|---|---|---|
| **Aller simple** | *Single*<br>*(US: One-way)* | sinngueul<br>wAnn weï |
| **Aller et retour** | *Return*<br>*(US: Round-trip)* | riteun<br>raound trip |
| **ARRÊT** | *STOP* | stop |
| **ARRÊT FACULTATIF** | *REQUEST STOP* | rikwèst stop |
| **Bagage(s)** | *Luggage*<br>*(US: Baggage)* | lAguidj<br>baguidj |
| **Banlieue** | *Suburb* | sAbeub |
| **Billet** | *Ticket* | tikitt |
| **Chauffeur** | *Driver* | draïveu |
| **Complet** | *Full* | foul |
| **Correspondance** | *Correspondance* | korisponn-deuns |
| **Descente** | *Way down* | weï daoun |
| **Destination** | *Destination* | dèstineïcheunn |
| **Gare routière** | *Coach station* | kOtch steïcheunn |
| **Guichet** | *Counter* | kaounteu |
| **Horaire** | *Timetable*<br>*(US: Schedule)* | taïmteïb'l<br>skèdioul |

| | | |
|---|---|---|
| **Lent** | *Slow* | slO |
| **MONTÉE** | *WAY-UP* | weï-Ap |
| **Prix** *(du billet)* | *Fare* | fair |
| **Rapide** | *Fast* | fâst |
| **RENSEIGNEMENTS** | *INFORMATION* | innfeumeïcheunn |
| **SORTIE** | *WAY-OUT* | weï-aoutt |
| **STATION** | *STATION* | steïcheunn |
| **Supplément** | *Supplement* | sAplimeunt |
| **Tarif** | *Fare* | fair |
| **(Demi-tarif)** | *Half-fare* | hâf fair |

## Avion

*plane*
pleïnn

Acceptez-vous les petits **animaux** en cabine ?

**Do you accept small animals in the cabin?**
dou you eksèpt smaul anim'lz inn ze kabinn?

Faut-il enregistrer ce **bagage** ?

**Do I have to register this luggage (*US: baggage*)?**
dou aï hav tou reïdjisteu ziss lAguidj (baguidj)?

Puis-je garder cette valise comme **bagage à main** ?

**Can I keep this bag as hand luggage (*US: baggage*)?**
kann aï kïp ziss bag az hannd lAguidj (baguidj)?

Mon **bagage est endommagé.**

**My luggage (*US: baggage*) is damaged.**
maï lAguidj (baguidj) iz damidjd.

Je voudrais un **billet** simple... un aller et retour... en première classe... en classe affaires... en classe touriste.

**I'd like a single... return (*US: round-trip*)... first-class... business-class... economy-class ticket**
aïd laïk e'sinngueul ... riteun ( raound trip)... feust klâss... bizniss klâss... iconemi klâss tikitt

Où se trouve la **boutique « hors taxes »** ?

**Where's the duty-free shop?**
wairz ze diouti frï chop?

J'ai perdu ma **carte d'embarquement**.

**I've lost my boarding card.**
aïv lost maï baudinn kâd.

Où est le **comptoir d'enregistrement** ?

**Where's the check-in desk?**
wairz ze tchèkinn dèsk?

Pouvez-vous me **conduire** à l'aéroport ?

**Can you drive me to the airport?**
kann you draïv mï tou zi èpautt?

DERNIER APPEL... **EMBARQUEMENT IMMÉDIAT**.

**FINAL CALL... IMMEDIATE BOARDING.**
faïn'l kaul... imïdieutt baudinn.

Dois-je payer un **excédent de bagages** ?

**Do I have to pay excess luggage (*US: baggage*)?**
dou aï hav tou peï iksèss lAguidj (baguidj)?

Y a-t-il encore de la **place** sur le vol... ?

**Is there still some place on flight...?**
iz zair stil sAm pleïss onn flaïtt...?

**Pouvez-vous** changer ma réservation ?

**Can you change my flight?**
kann you tcheïndj maï flaïtt?

À **quelle heure** a lieu l'embarquement... à quelle porte ?

**At what time is the boarding... at which gate?**
att watt taïm iz ze baudinn... att witch gueïtt?

J'ai confirmé ma **réservation** il y a trois jours.

**I confirmed my booking (*US: reservation*) three days ago.**
aï konnfeumd maï boukinn (rèzeveïcheunn) t'hrï deïz egO.

Le vol est-il **retardé**... annulé ?

**Is the flight delayed... cancelled?**
iz ze flaïtt dileïd... kanns'ld?

Je voudrais un **siège** à l'avant... à l'arrière... près d'un hublot... sur l'allée...

**I'd like a seat near the front... at the back... near a window... in the alley...**
aïd laïk e'sïtt nieu ze frAnnt... att ze bak... nieu e'winndO... inn zi ali...

Ai-je le **temps** d'aller changer de l'argent ?

**Do I have time to go and change some money?**
dou aï hav taïm tou gO annd tcheïndj sAm mAni?

À quelle heure décolle le prochain **vol** pour... ?

**What time does the next flight leave for...?**
watt taïm dAz ze nèxt flaïtt lïv fau...?

## En vol

*during the flight*
diourinn ze flaïtt

Restez **assis** jusqu'à l'arrêt complet de l'appareil.

**Remain seated until the engines are shut down.**
rimeïnn sïteud euntil ze èndjinnz ar chAtt daoun.

ATTACHEZ VOS CEINTURES.

FASTEN YOUR SEAT BELTS.
fAss'n yau sïtt bèlts.

Je voudrais quelque chose à **boire**... Je voudrais une couverture.

**I'd like something to drink... I'd like a blanket.**
aïd laïk sAmt'hinn tou drinnk... aïd laïk e'blannkitt.

Mes **écouteurs** ne fonctionnent pas.

**My headphones aren't working.**
maï hèdfOnnz ar'nt weurkinn.

NE **FUMEZ PAS** PENDANT LE DÉCOLLAGE... PENDANT L'ATTERRISSAGE... DANS LES TOILETTES.

NO SMOKING DURING TAKE-OFF... DURING LANDING (*US: TOUCHDOWN*)... IN THE TOILETS.
nO smOkinn diourinn teïkof... diourinn lèndinn (tAtchdaoun)... inn ze toïlitts.

Votre **gilet de sauvetage** est sous votre siège.

**Your life jacket is under your seat.**
yau laïf djakitt iz Anndeu yau sïtt.

Veuillez retourner à vos **places**.

**Please return to your seat.**
plïz riteun tou yau sïtt.

Quelle est la **température** au sol ?

**What is the ground temperature?**
watt iz ze graound tèm-pritcheu?

Dans combien de **temps** servez-vous le petit déjeuner ?... le déjeuner ?... la collation ?... le dîner ?

**How long before you serve breakfast?... lunch?... a snack?... dinner?**
ha-au lonng bifau you seuv brèkfeust... lAnntch... e'snak... dineu?

Notre **temps de vol** jusqu'à... sera de...

**Our flying time to... will be...**
aoueu flaïnn taïm tou... wil bï...

| Vocabulaire | | |
|---|---|---|
| **Aéroport** | *Airport* | èpautt |
| **Allée** | *Alley* | ali |
| **Aller** | *(to) Go* | gO |
| **ARRIVÉE** | *ARRIVAL* | eraïv'l |
| **Assurance** | *Insurance* | innchourèns |
| **Atterrissage** | *Landing* (*US: Touchdown*) | lèndinn tAtchdaoun |
| **Bagage(s)** | *Luggage* (*US: Baggage*) | lAguidj baguidj |
| **– à main** | *Hand luggage* (*US: Hand baggage*) | hannd lAguidj hannd baguidj |
| **Bar** | *Bar* | bâr |
| **Billet** | *Ticket* | tikitt |
| **Boutiques hors taxes** | *Duty-free shops* | diouti frï chops |
| **Cabine** | *Cabin* | kabinn |
| **Carte d'embarquement** | *Boarding card* | baudinn kâd |
| **Classe (première)** | *First class* | feust klâss |
| **– affaires** | *Business class* | bizniss klâss |

| | | |
|---|---|---|
| **– touriste** | *Economy class* | iconemi klâss |
| **Confirmation** | *Confirmation* | connfeumeïcheunn |
| **Correspondance** | *Connection* | kenèkcheunn |
| **Couverture** | *Blanket* | blannkitt |
| **Décollage** | *Take-off* | teïkof |
| **DÉPART** | *DEPARTURE* | dipâtcheu |
| **Descendre** | *(to) Descend* | dissènd |
| **DOUANE** | *CUSTOMS* | kAstemz |
| **EMBARQUEMENT** | *BOARDING* | baudinn |
| **Embarquement immédiat** | *Immediate boarding* | imïdieutt baudinn |
| **Équipage** | *Crew* | krou |
| **Fiche de police** | *Immigration card* | imigreïcheunn kâd |
| **Fouille de sécurité** | *Security search* | sikiouriti seutch |
| **FUMEURS** | *SMOKING* | smOkinn |
| **Gilet de sauvetage** | *Life jacket* | laïf djakitt |
| **Horaire** | *Timetable* (US: *Schedule*) | taïmteïb'l skèdioul |
| **Hublot** | *Window* | winndO |
| **IMMIGRATION** | *IMMIGRATION* | imigreïcheunn |
| **Monter** | *(to) Board* | baud |
| **NON-FUMEURS** | *NO SMOKING* | nO smOkinn |
| **Passeport** | *Passport* | pâsspautt |
| **Porte** | *Gate* | gueïtt |
| **Porteur** | *Porter* | pauteu |
| **Réservation** | *Booking* (US: *Reservation*) | boukinn rèzeveïcheunn |
| **Retardé** | *Delayed* | dileïd |
| **Sac** | *Bag* | bag |
| **SORTIE DE SECOURS** | *EMERGENCY EXIT* | imeudjeunsi èxitt |
| **Soute** | *Luggage compartment* (US: *Baggage compartment*) | lAguidj kommpâtmeunt baguidj kommpâtmeunt |
| **Supplément** | *Supplement* | sAplimeunt |
| **TRANSIT** | *TRANSIT* | trannzitt |
| **Valise** | *Suitcase* | soutkeïss |
| **Visa** | *Visa* | visa |
| **Vol** | *Flight* | flaïtt |

## Bateau

*boat*
bOtt

**DERNIER APPEL,** les passagers sont priés de monter à bord.

**FINAL CALL for all passengers to board.**
faïn'l kaul fau aul passèndjeuz tou baud.

Pour quelle heure l'**arrivée** est-elle prévue ?

**At what time do we expect to arrive?**
att watt taïm dou wï ixpèct tou eraïv?

Voulez-vous faire porter mes **bagages** dans la cabine nº...

**Can you have my luggage** (*US: baggage*) **taken to cabin number...**
kann you hav maï lAguidj (baguidj) teïk'n tou kabinn nAmmbeu...

Mon **bagage est endommagé**.

**My luggage** (*US: baggage*) **is damaged.**
maï lAguidj (baguidj) iz damidjd.

Je voudrais un **billet** simple... aller et retour... première classe... seconde classe.

**I'd like a single** (*US: one-way*)... return (*US: round-trip*)... **first-class... second-class ticket.**
aïd laïk e'sinngueul (wAnn weï)... riteun (raound) trip... feust klâss... sèkeund klâss tikitt.

Où sont les **bureaux** de la compagnie maritime ?

**Where are the offices of the shipping agent?**

wair ar zi **o**fissiz ov ze chip**i**nn e**ï**djeunt?

Y a-t-il encore des **cabines** disponibles ?

**Are there any cabins still available?**
ar zair **è**ni k**a**binns stil ev**eï**leb'l?

Je voudrais une **cabine sur le pont**.

**I'd like a cabin on the deck.**
aïd l**aï**k e'k**a**binn onn ze d**è**k.

Pourrais-je disposer d'une **chaise longue** ?

**May I take a deck-chair?**
m**eï** aï t**eï**k e'd**è**ktchair?

Pouvez-vous me **conduire** au port ?

**Can you take me to the port?**
kann you t**eï**k mï tou ze p**au**tt?

À quelle heure a lieu l'**embarquement** ?... le départ ?

**At what time do we board?... does the boat leave?**
att watt t**aï**m dou wï b**au**d... d**A**z ze b**O**tt l**ï**v?

Quelle est la durée de l'**escale** ?

**How long is the stopover?**
ha-au l**o**nng iz ze st**o**p**O**veu?

Pouvez-vous m'**indiquer** le bar ?

**Where is the bar?**
wair iz ze b**âr**?

J'ai le **mal de mer**. Avez-vous un remède ?

**I'm seasick. Do you have a remedy?**
aïm s**ï**sik. dou you h**a**v e'r**é**medi?

Pouvez-vous changer ma **réservation** ?

**Can you change my booking (*US: reservation*)?**
kann you tch**eï**ndj maï b**ou**kinn (r**é**zev**eï**cheunn)?

À quelle heure **servez-vous** le petit déjeuner... le déjeuner... le dîner ?

> **At what time do you serve breakfast... lunch... dinner?**
> att watt taïm dou you seuv brèkfeust... lAnntch... dineu?

Combien de **temps** dure la traversée ?... la croisière ?

> **How long does the crossing last?... the cruise?**
> ha-au lonng dAz ze krossinn lâst... ze krouz?

Est-ce une **traversée** de jour ou de nuit ?

> **Is it a day or night crossing?**
> iz itt e'deï or naïtt krossinn?

| Vocabulaire | | |
|---|---|---|
| **Aller** | *(to) Go* | gO |
| **Annulé** | *Cancelled* | kanns'l |
| **ARRIVÉE** | *ARRIVAL* | eraïv'l |
| **Assurance** | *Insurance* | innchourèns |
| **Bâbord** | *Port (side)* | pautt (saïd) |
| **Bagage(s)** | *Luggage*<br>*(US: baggage)* | lAguidj<br>baguidj |
| **Bar** | *Bar* | bâr |
| **Billet** | *Ticket* | tikitt |
| **Bouée** | *Buoy* | boï |
| **Cabine** | *Cabin* | kabinn |
| **Cale** | *Hold* | hOld |
| **Canot de sauvetage** | *Life-boat* | laïf bOtt |
| **Chaise longue** | *Deck-chair* | dèktchair |
| **Commissaire de bord** | *Purser* | peusseu |
| **Confirmation** | *Confirmation* | konnfemeïcheunn |
| **Couchette** | *Berth* | beut'h |
| **Couverture** | *Blanket* | blannkitt |
| **Classe (première)** | *First class* | feust klâss |
| **– (seconde)** | *Second class* | sèkeund klâss |
| **DÉPART** | *DEPARTURE* | dipâtcheu |
| **Descendre** | *(to) Go down* | gO daoun |

| | | |
|---|---|---|
| **DOUANE** | *CUSTOMS* | kAstemz |
| **Embarcadère** | *Landing stage* | lèndinn steïdj |
| **Embarquement** | *Boarding* | baudinn |
| **Équipage** | *Crew* | krou |
| **Escale** | *Port of call* | pautt ov kaul |
| **Excursion** | *Excursion* | ixkeucheunn |
| **Fiche de police** | *Immigration form* | imigreïcheunn faum |
| **Fouille de sécurité** | *Security control* | sikiouriti konntrOl |
| **FUMEURS** | *SMOKING* | smOkinn |
| **Gilet de sauvetage** | *Life jacket* | laïf djakitt |
| **Horaire** | *Timetable*<br>*(US: Schedule)* | taïmteïb'l<br>skèdioul |
| **Hublot** | *Porthole* | pautOl |
| **Immigration** | *Immigration* | imigreïcheunn |
| **Jetée** | *Jetty, pier* | djèti, pieur |
| **Médecin du bord** | *Ship's doctor* | chips docteu |
| **Monter** | *(to) Go up* | gO Ap |
| **Nœuds (vitesse)** | *Knots* | nots |
| **NON-FUMEURS** | *NO SMOKING* | nO smOkinn |
| **Passeport** | *Passport* | pâsspautt |
| **Passerelle** | *Gangway* | ganngweï |
| **Pont** | *Deck* | dèk |
| **Port** | *Port* | pautt |
| **Porteur** | *Porter* | pauteu |
| **Poupe** | *Stern* | steun |
| **Proue** | *Prow* | praou |
| **Quai** | *Quay* | kï |
| **Réservation** | *Booking*<br>*(US: Reservation)* | boukinn<br>rèzeveïcheunn |
| **Retard** | *Delay* | dileï |
| **Sac** | *Bag* | bag |
| **Supplément** | *Supplement* | sAplimeunt |
| **Toilettes** | *Toilets* | toïlitts |
| **Tribord** | *Starboard* | stâbeud |
| **Valise** | *Suitcase* | soutkeïss |
| **Visa** | *Visa* | visa |

## Circulation • panneaux routiers

*circulation*
seukiouleïcheunn

Comment peut-on **aller** à... ?

**How can I get to...?**
ha-au kann aï guètt tou...?

Il faut faire **demi-tour**.

**You have to turn round.**
you hav tou teunn raound.

À quelle **distance** suis-je de... ?

**How far am I from...?**
ha-au fâr am aï from...?

C'est tout **droit**.

**It's straight on.**
its streïtt onn.

Voulez-vous m'**indiquer** sur la carte ?

**Will you show me on the map?**
wil you chO mï onn ze map?

Est-ce **loin** d'ici ?

**Is it far from here?**
iz itt fâr from hieu?

**Où** suis-je ?

**Where am I?**
wair am aï?

**Où y a-t-il** un garage... un hôpital... un hôtel... un restaurant... dans les environs ?

**Where is there a garage... a hospital... an hotel... a restaurant... near here?**
wair iz zair e'garaj... e'hospit'l... eun hOtèl... e'rèsterant... nieu hieu?

Où puis-je **stationner** ?

**Where can I park?**
wair kann aï pâk?

**Tournez** à droite... à gauche.

**Turn right... left.**
teunn raïtt... lèft.

| Vocabulaire | | |
|---|---|---|
| **À côté** | *Next to* | nèxt tou |
| **À droite** | *To the right* | tou ze raïtt |
| **À gauche** | *To the left* | tou ze lèft |
| **Banlieue** | *Suburb* | sAbeub |
| **Boulevard** | *Boulevard* | boulvâ |
| **Carrefour** | *Crossroads* | kross-rOdz |
| **Chemin** | *Road* | rOd |
| **Conduire** | *(to) Drive* | draïv |
| **Demi-tour** | *Half turn* | hâf teunn |
| **(Faire demi-tour)** | *(To turn round)* | teunn raound |
| **Derrière** | *Behind* | bihaïnnd |
| **Descente** | *Way down* | weï daoun |
| **Devant** | *In front* | inn frAnnt |
| **Direction** | *Direction* | daïrèkcheunn |
| **Embouteillage** | *Traffic jam* | trafik djam |
| **En face** | *Facing* | feïssinn |
| **Environs (les)** | *Surroundings* | seuraoundinngz |
| **Excès de vitesse** | *Exceeding speed* | ikssïdinn spïd |
| **Fluide (circulation)** | *Flowing (traffic)* | flOinn |
| **Montée** | *Way up* | weï Ap |
| **Parc** | *Park* | pâk |
| **Place** | *Square* | skwair |
| **Pont** | *Bridge* | bridj |
| **Route** | *Road* | rOd |
| **Rue** | *Street* | strït |
| **Sens unique** | *One-way* | wAnn weï |
| **Sous** | *Under* | Anndeu |
| **Sur** | *On* | onn |
| **Tournant** | *Turning* | teuninn |
| **Tout droit** | *Straight on* | streïtt onn |

| Panneaux routiers (Grande-Bretagne) | |
|---|---|
| *BENDS FOR...* | VIRAGES SUR... |
| *CHILDREN CROSSING* | ATTENTION AUX ENFANTS |
| *DANGER* | DANGER |
| *DEAD END* | SANS ISSUE |
| *DIVERSION* | DÉVIATION |
| *DUAL CARRIAGEWAY* | ROUTE À DEUX VOIES |
| *FOG* | BROUILLARD |
| *GIVE WAY* | CÉDEZ LA PRIORITÉ |
| *HALT* | ARRÊT |
| *HEIGHT RESTRICTION* | HAUTEUR LIMITÉE |
| *HOSPITAL ZONE* | HÔPITAL |
| *KEEP LEFT* | SERREZ À GAUCHE |
| *LAY-BY* | AIRE DE REPOS |
| *LEVEL CROSSING* | PASSAGE À NIVEAU |
| *MAJOR ROAD AHEAD* | ROUTE PRIORITAIRE |
| *MOTORWAY* | AUTOROUTE |
| *NO ENTRY* | ENTRÉE INTERDITE |
| *NO PARKING* | STATIONNEMENT INTERDIT |
| *NO U TURN* | DÉFENSE DE FAIRE DEMI-TOUR |
| *ONE-WAY* | SENS UNIQUE |
| *POLICE* | POLICE |
| *REDUCE SPEED NOW* | RALENTISSEZ |
| *ROADWORKS AHEAD* | TRAVAUX |
| *ROUNDABOUT* | SENS GIRATOIRE |
| *SLIPPERY WHEN WET* | CHAUSSÉE GLISSANTE |
| *STEEP HILL* | FORTE PENTE |
| *TRAFFIC LIGHTS* | FEUX DE CIRCULATION |
| *TURN ON LIGHTS* | ALLUMEZ VOS PHARES |
| *WAITING LIMITED* | STATIONNEMENT LIMITÉ |
| *WEIGHT LIMIT* | POIDS LIMITÉ |
| *YIELD* | LAISSEZ LA PRIORITÉ |

| Panneaux routiers (États-Unis) | |
|---|---|
| *CAUTION* | ATTENTION |
| *CUSTOMS* | DOUANE |
| *DANGER* | DANGER |
| *DANGEROUS CURVE* | VIRAGE DANGEREUX |
| *DEAD END* | SANS ISSUE |
| *DIVERSION* | DÉVIATION |

| | |
|---|---|
| *FALLING ROCKS* | ÉBOULEMENTS |
| *FRONTIER* | FRONTIÈRE |
| *HOSPITAL ZONE* | HÔPITAL |
| *LEVEL CROSSING* | PASSAGE À NIVEAU |
| *NO PARKING* | STATIONNEMENT INTERDIT |
| *NO U TURN* | DÉFENSE DE FAIRE DEMI-TOUR |
| *ONE-WAY* | SENS UNIQUE |
| *POLICE* | POLICE |
| *REDUCE SPEED* | RALENTISSEZ |
| *REST AREA* | AIRE DE REPOS |
| *ROAD CLOSED* | ROUTE BARRÉE |
| *SCHOOL* | ÉCOLE |
| *SLIPPERY WHEN WET* | CHAUSSÉE GLISSANTE |
| *SOFT SHOULDER* | ACCOTEMENT NON STABILISÉ |
| *SQUEEZE* | ROUTE ÉTROITE |
| *TOLL AHEAD* | PÉAGE |
| *TURN ON LIGHTS* | ALLUMEZ VOS PHARES |
| *WATCH OUT FOR CHILDREN* | ATTENTION AUX ENFANTS |

## Douane • immigration

*customs • immigration*
kAstemz • imigreïcheunn

Je n'ai que des **affaires personnelles**.

**I only have my personal belongings.**
aï Onnli hav maï peusn'l bilonnguïnns.

Ce **bagage** n'est pas à moi.

**This luggage** (*US: baggage*) **doesn't belong to me.**
ziss lAguidj (baguidj) dAz'nt bilonng tou mï.

Il y a seulement quelques **cadeaux**.

**There are only a few presents.**
zair ar Onnli e'fiou préz'nts.

Excusez-moi, je ne **comprends** pas.

**I'm sorry, I don't understand.**
aïm sori, aï dOnnt Anndeustannd.

Je n'ai rien à **déclarer**.

**I have nothing to declare.**
aï hav nAt'hinn tou diklair.

J'ai oublié les papiers de **dédouanement** de mon appareil photo.

**I've forgotten the customs paper for my camera.**
aïv feugott'n ze kAstemz peïpeu fau maï kamera.

Pourriez-vous m'aider à remplir le **formulaire** ?

**Could you help me to fill in the form?**
koud you hèlp mï tou fil inn ze faum?

**Où** logerez-vous ?

**Where will you be staying?**
wair will you bï steïnn?

**Ouvrez** le coffre... la valise... le sac...

**Open your boot (*US: trunk*)... your suitcase... your bag...**
Op'n yau boutt (trAnnk)... yau soutkeïss... yau bag...

Voici les **papiers** de la voiture.

**Here are the papers for the car.**
hieu ar ze peïpeuz fau ze kâr.

Puis-je **partir** ?

**May I go now?**
meï aï gO na-au?

Vous devez **payer** des droits sur cela.

**You'll have to pay tax on this.**
youl hav tou peï tax onn ziss.

Je **reste** jusqu'à...

**I'm staying till...**
aïm steïnn til...

Je suis **touriste**.

**I'm a tourist.**
aïm e'taurist.

Je suis en **transit**, je vais à...

**I'm in transit, I'm going to...**
aïm inn trannzitt, aïm gOinn tou...

Je **viens** de...

**I've come from...**
aïv kAm from...

Je **voyage pour affaires**.

**I'm on a business trip.**
aïm onn e'bizniss trip.

| Vocabulaire | | |
|---|---|---|
| Adresse | *Address* | edrèss |
| Alcool | *Alcohol* | alkeuhol |
| Carte grise | *Car licence* | kâr laïsseuns |
| Cartouche | *Carton* | kât'n |
| Certificat d'assurance | *Insurance certificate* | innchourèns seutifikeutt |
| — de vaccination | *Vaccination certificate* | vaxineïcheunn seutifikeutt |
| Choléra | *Cholera* | koleura |
| Cigarettes | *Cigarettes* | siguerètts |
| CONTRÔLE DES PASSEPORTS | *PASSPORT CONTROL* | pâsspautt konntrOl |
| Date de naissance | *Date of birth* | deïtt ov beut'h |
| Domicile | *Residence* | rèzideuns |
| Douane | *Customs* | kAstemz |
| Droits de douane | *Customs tax* | kAstemz tax |
| Fièvre jaune | *Yellow fever* | ièlO fiveu |
| Lieu de naissance | *Place of birth* | pleïss ov beut'h |
| Marié | *Married* | marid |
| Nom de jeune fille | *Maiden name* | meïd'n neïm |
| Parfum | *Perfume* | peufioum |
| Passeport | *Passport* | pâsspautt |
| Permis de conduire | *Driving licence* | draïving laïsseuns |
| Pièces d'identité | *Identity papers* | aïdèntiti peïpeuz |
| Plaque d'immatriculation | *Number plate* | nAmmba pleïtt |
| Profession | *Profession* | profècheunn |
| Retraité | *Retired* | ritaïd |
| Sexe | *Sex* | sex |
| Souvenirs | *Souvenirs* | souvenieuz |
| Tabac | *Tobacco* | tebakO |
| Variole | *Smallpox* | smaulpox |
| Vin | *Wine* | waïnn |

## Métro

*underground* • *US: subway*
Anndeugraound • sAbweï

**Où se trouve la station la plus proche ?**
**Where is the nearest station?**
wair iz ze nieurèst steïcheunn?

Je voudrais un (des) **billet(s)**... un (des) jeton(s).
**I want a (some) ticket(s)... a (some) token(s).**
aï wannt e (sAm) tikitt(s)... e (sAm) tOk'n(s).

Y a-t-il un **changement** ?
**Do I have to change?**
dou aï hav tou tcheïndj?

Quelle **direction** dois-je prendre pour aller à... ?
**What direction do I have to take to go to...?**
watt dirèkcheunn dou aï hav tou teïk tou gO tou...?

À quelle **heure** ferme le métro ?
**What time does the underground (*US: subway*) close?**
watt taïm dAz ze Anndeugraound (sAbweï) klOz?

Pouvez-vous me donner un **plan** du métro ?
**Can you give me a map of the underground (*US:* a subway map)?**
kann you guiv mï e'map ov zi Anndeugraound (e'sAbweï map)?

Cette **rame** va bien à... ?

**This train goes to..., doesn't it?**
ziss treïnn gOz tou..., dAz'nt itt?

Combien de **stations** avant... ?

**How many stations to...?**
ha-au mèni steïcheunns tou...?

| Vocabulaire | | |
|---|---|---|
| **ACCÈS AU QUAI** | *PLATFORM ENTRY* | platfaum èntri |
| **Billet** | *Ticket* | tikitt |
| **Contrôleur** | *Ticket collector* | tikitt kelèkteu |
| **CORRESPONDANCE** | *CONNECTION* | kenèkcheunn |
| **Descendre** | *(to) Go down* | gO daoun |
| **Direction** | *Direction* | dirèkcheunn |
| **Distributeur** | *Distributor* | distribiouteu |
| **ENTRÉE** | *ENTRY, WAY IN* | èntri, weï inn |
| **Escalier** | *Staircase* | stairkeïss |
| **Escalier mécanique** | *Escalator* | èskeuleïteu |
| **Express** | *Express* | ixprèss |
| **Fermeture** | *Closure* | klOjeu |
| **Jeton** *(US)* | *Token* | tOk'n |
| **Ligne** | *Line* | laïnn |
| **Monter** | *(to) Get on* | guètt onn |
| **Omnibus** | *Omnibus* | omnibAss |
| **Ouverture** | *Opening* | Opninn |
| **Plan** | *Map* | map |
| **Rame** | *Train* | treïnn |
| **Signal d'alarme** | *Alarm* | elâm |
| **SORTIE** | *EXIT, WAY OUT* | èxitt, weï aoutt |
| **Station** | *Station* | steïcheunn |
| **Terminus** | *Terminus* | teurmineuss |
| **Voie** | *Rail* | reïll |

## Taxi

*taxi*
taxi

**Où est la station de taxis la plus proche ?**

**Where's the nearest taxi rank?**
wairz ze nieurèst taxi rannk?

Pouvez-vous m'**appeler** un taxi ?

**Can you call me a taxi?**
kann you kaul mï e'taxi?

**Arrêtez**-moi ici, s'il vous plaît.

**Stop me here, please.**
stop mï hieu, plïz.

Pouvez-vous m'**attendre** ?

**Can you wait for me?**
kann you weït fau mï plïz?

**Combien** prenez-vous pour aller à... ?

**How much to take me to...?**
ha-au mAtch tou teïk mï tou...?

**Combien vous dois-je ?**

**How much do I owe you?**
ha-au mAtch dou aï **O** you?

Êtes-vous **libre** ?

**Are you free?**
ar you frï?

Je suis **pressé**.

**I'm in a hurry.**
aïm inn e'hAri.

Je suis en **retard**.

**I'm late.**
aïm leïtt.

Je voudrais faire un **tour dans la ville.**

**I'd like to do a tour of the town.**
aïd laïk tou dou e'tau ov ze taoun.

| Vocabulaire | | |
|---|---|---|
| **Bagage(s)** | *Luggage* (*US: Baggage*) | lAguidj baguidj |
| **Compteur** | *Meter* | mïteu |
| **Lent** | *Slow* | slO |
| **LIBRE** | *FREE* | frï |
| **OCCUPÉ** | *OCCUPIED* | okioupaïd |
| **Pourboire** | *Tip* | tip |
| **Prix** | *Tariff, fare* | târif, fair |
| **Rapide** | *Fast* | fâst |
| **STATION DE TAXIS** | *TAXI RANK* | taxi rannk |
| **Supplément** | *Supplement* | sAplimeunt |
| **Tarif de nuit** | *Night fare* | naïtt fair |

## Train

***train***
treïnn

**S'il vous plaît, où se trouve la gare ?**

**Where's the station, please?**
wairz ze steïcheunn plïz?

À quelle heure **arrive** le train venant de... ?

**What time does the train from... arrive?**
watt taïm dAz ze treïnn from... eraïv?

Je voudrais enregistrer les **bagages.**

**I want to register some luggage (*US: baggage*).**
aï wannt tou rèdjisteu sAm lAguidj (baguidj).

Je voudrais un **billet** aller simple... aller-retour... première classe... seconde classe.

**I'd like a single... a return (*US: round-trip*)... first-class... second-class... ticket.**
aïd laïk e'sinngueul... e'riteun (raound trip)... feust klâss... sèkeund klâss... tikitt.

Dois-je **changer** de train ?

**Do I have to change trains?**
dou aï hav tou tcheïndj treïnnz?

Où se trouve la **consigne** ?

**Where's the left-luggage office?**
wairz ze lèft lAguidj ofiss?

Y a-t-il des **couchettes** ?

**Are there any couchettes (*US: berths*)?**
ar zair èni kouchètts (beut'hs)?

Cette place est-elle **libre** ?

**Is this seat free?**
iz ziss sïtt frï?

Quel est le **montant** du supplément ?

**How much is the supplement?**
ha-au mAtch iz ze sAplimeunt?

À quelle heure **part** le train pour... ?

**What time does the train for... leave?**
watt taïm dAz ze treïnn fau... lïv?

Excusez-moi, cette **place** est réservée.

**Excuse me, this seat is reserved.**
ixkiouz mï, ziss sïtt iz rizeuvd.

Veuillez m'indiquer le **quai** (la voie) ?

**Which platform (*US: track*), please?**
witch platfaum (trak), plïz?

Y a-t-il une **réduction** pour les enfants ?

**Is there a reduction for children?**
iz zair e'ridAkcheunn fau tchildreunn?

Je désire **réserver** une place... côté couloir... côté fenêtre.

**I want to book (*US: reserve*) a seat... near the corridor... near a window.**
aï wannt tou bouk (rizeuv) e'sïtt... nieu ze koridau... nieu e'winndO.

Le train a du **retard**.

**The train is late.**
ze treïnn iz leïtt.

Pouvez-vous me **réveiller**... me prévenir ?

**Could you wake me... let me know?**
koud you weïk mï... lètt mï nO?

Où sont les **toilettes** ?

**Where are the toilets?**
wair ar ze toïlitts?

Pouvez-vous m'aider à monter ma **valise** ?

**Could you help me with my suitcase, please?**
koud you hèlp mï wiz maï soutkeïss, plïz?

Y a-t-il un **wagon-restaurant**... un **wagon-lit** ?

**Is there a dining car (*US: diner*)... sleeping car (*US: pullman*)?**
iz zeir e'daïninn kâr (daïneu)... slïpinn kâr (poulmeunn)?

| Vocabulaire | | |
|---|---|---|
| **Aller** | *(to) Go* | gO |
| **ARRIVÉE** | *ARRIVALS* | eraïv'lz |
| **Bagage(s)** | *Luggage*<br>*(US: Baggage)* | lAguidj<br>baguidj |
| **Billet aller simple** | *Single ticket* | sinngueul tikitt |
| **– aller-retour** | *Return ticket*<br>*(US: Round-trip –)* | riteun tikitt<br>raound trip |
| **– première classe** | *First-class –* | feust klâss – |
| **– seconde classe** | *Second-class –* | sèkeund klâss – |
| **BUFFET** | *BUFFET* | boufeï |
| **Changement** | *Change* | tcheïndj |
| **Chariot à bagages** | *Trolley* | troli |
| **CHEF DE GARE** | *STATION MASTER* | steïcheunn mâsteu |
| **Coin couloir** | *Corridor corner* | koridau kauneu |
| **– fenêtre** | *Window corner* | winndO kauneu |
| **Compartiment** | *Compartment* | kommpâtmeunt |
| **CONSIGNE** | *LEFT LUGGAGE* | lèft lAguidj |
| **CONTRÔLEUR** | *TICKET COLLECTOR* | tikitt kelèkteu |
| **Couchette** | *Couchette*<br>*(US: Berth)* | kouchètt<br>beut'h |
| **Couloir** | *Corridor* | koridau |
| **DÉPART** | *DEPARTURE* | dipâtcheu |
| **Escalier mécanique** | *Escalator* | èskeuleïteu |
| **FUMEURS** | *SMOKING* | smOkinn |
| **Gare** | *Station* | steïcheunn |
| **Guichet** | *Desk, counter* | dèsk, kaounteu |
| **Indicateur** | *Timetable*<br>*(US: Schedule)* | taïmteïb'l<br>skèdjioul |
| **Kiosque à journaux** | *Newspaper stand* | niouspeïpeu stannd |
| **Lent** | *Slow* | slO |
| **NON-FUMEURS** | *NO SMOKING* | nO smOkinn |
| **OBJETS TROUVÉS** | *LOST PROPERTY*<br>*(US: LOST & FOUND)* | lost propeuti<br>lost annd faound |
| **Occupé** | *Occupied* | okioupaïd |
| **Place assise** | *Seat* | sïtt |
| **Porteur** | *Porter* | pauteu |
| **Portière** | *Door* | dau |
| **Quai** | *Platform*<br>*(US: Track)* | platfaum<br>trak |
| **Rapide** | *Rapid, fast* | rapid, fâst |

| | | |
|---|---|---|
| RENSEIGNEMENTS | *INFORMATION* | innfeumeïcheunn |
| RÉSERVATIONS | *BOOKINGS*<br>*(US: RESERVATIONS)* | boukinnz<br>rèzeveïcheunns |
| Retard | *Delay* | dileï |
| Retour | *Return* | riteun |
| SALLE D'ATTENTE | *WAITING ROOM* | weïtinn roum |
| SORTIE | *EXIT, WAY OUT* | èksitt, weï aoutt |
| Supplément | *Supplement* | sAplimeunt |
| Valise | *Suitcase* | soutkeïss |
| Voie | *Platform*<br>*(US: Track)* | platfaum<br>trak |
| WAGON-LIT | *SLEEPING-CAR*<br>*(US: PULLMAN)* | slïpinn kâr<br>poulmeunn |
| – RESTAURANT | *DINING-CAR*<br>*(US: DINER)* | daïninn kâr<br>daïneu |

## Voiture • moto • station-service

***service station***
seuviss steïcheunn

**Donnez-moi** 10... 20... litres d'essence... d'ordinaire... de super... de sans plomb... de gasoil.

**Give me ten... twenty liters (two and a half... five gallons) of petrol (*US: gas*)... regular... premium... unleaded... diesel.**
guiv mï tènn... twènti liteuz (tou annd e'hâf... faïv galeuns) ov pètreul (gass)... règuiouleu... prïmieum... annledid... dïzeul.

**Faites le plein, s'il vous plaît.**

**Fill her up, please.**
fil heu Ap, plïz.

Il faudrait mettre de l'eau distillée dans la **batterie**.

**The battery needs distilled water.**
ze bateri nïds distild wauteu.

Pouvez-vous **changer** le pneu ?

**Can you change my tyre?**
kann you tcheïndj maï taïeu?

Combien cela va-t-il **coûter** ?

**How much is that going to cost?**
ha-au mAtch iz zatt gOinn tou kost?

Combien coûte le **lavage** ?

**How much is a car wash?**
ha-au mAtch iz e'kar woch?

Pouvez-vous **nettoyer** le pare-brise ?

**Can you wash the windscreen?**
kann you woch ze winnd-skrïnn?

Pouvez-vous **régler** les phares ?

**Can you adjust the headlights?**
kann you edjAst ze hèdlaïtts?

Pouvez-vous **vérifier** l'eau... l'huile... les freins... la pression des pneus ?

**Can you check the water... the oil... the brakes... the tyre pressure?**
kann you tchèk ze wauteu... zi oïll... ze breïks... ze taïeu prècheu?

Veuillez faire une **vidange** et un graissage, s'il vous plaît.

**Please change the oil and grease my car.**
plïz tcheïndj ze oïll annd grïss maï kâr.

| Vocabulaire | | |
|---|---|---|
| **Accélérateur** | *Accelerator* | aksèlereïteu |
| **Accélérer** | *(to) Accelerate* | aksèlereïtt |
| **Aile** | *Wing* | winng |
| **Allumage** | *Ignition* | ig-nicheunn |
| **Ampoule** | *Bulb* | bAlb |
| **Antigel** | *Anti-freeze* | anntifrïz |
| **Antivol** | *Burglar alam* | beugleur eulâm |
| **Arrière** | *Rear, back* | rieu, bak |
| **Avant** | *Front* | frAnnt |
| **Avertisseur** | *Horn, hooter* | haun, houteu |
| **Axe** | *Axle* | ax'l |
| **Bas** | *Low* | lO |
| **Batterie** | *Battery* | bateri |
| **Bloqué** | *Blocked* | blokt |
| **Bobine d'allumage** | *Ignition coil* | ig-nicheunn koïll |
| **Boîte de direction** | *Steering box* | stïrinn box |
| **– de vitesses** | *Gear box* | guieu box |
| **Bouchon** | *Cap, stopper* | kâp, stopeu |
| **Bougie** | *Sparking plug* | spâkinn plAg |
| **Boulon** | *Bolt* | bOlt |
| **Bruit** | *Noise* | noïz |
| **Câble** | *Cable* | keïb'l |
| **Capot** | *Bonnet*<br>*(US: Hood)* | bonitt<br>houd |
| **Carburateur** | *Carburettor* | kâbiourèteu |
| **Carrosserie** | *Coachwork*<br>*(US: Panel body)* | kOtch-weurk<br>pan'l bodi |
| **Carter** | *Crankcase* | krannkeïss |
| **Cassé** | *Broken* | brOk'n |
| **Ceinture de sécurité** | *Safety belt* | seïfti bèlt |
| **Chaîne** | *Chain* | tcheïn |
| **Changer** | *(to) Change* | tcheïndj |
| **Châssis** | *Frame, chassis* | freïm, chassi |
| **Chauffage** | *Heating* | hïtinn |
| **Circuit électrique** | *Electric circuit* | ilèktrik seukitt |
| **Clef** | *Key* | kï |
| **– de contact** | *Ignition key* | ig-nicheunn kï |
| **Clignotant** | *Indicator*<br>*(US: Blinker)* | inndikeïteu<br>blinnkeu |
| **Code de la route** | *Highway code* | haïweï kOd |

| | | |
|---|---|---|
| **Coffre** | *Boot* (*US: Trunk*) | boutt trAnnk |
| **Colonne de direction** | *Steering column* | stïrinn koleum |
| **Commande** | *Control* | konntrOl |
| **Compte-tours** | *Tachometer* | takomïteu |
| **Compteur de vitesse** | *Speedometer* | spidomiteu |
| **– kilométrique** | *Milometer* | maïlomiteu |
| **Condensateur** | *Condenser* | konndènseu |
| **Contact** | *Ignition* | ig-nicheunn |
| **Couler une bielle** | *(to) Burn out a connecting rod* | beunaoutt e'kenèktinn rod |
| **Courroie de ventilateur** | *Fan belt* | fAnn bèlt |
| **Court-circuit** | *Short-circuit* | chautt seukitt |
| **Crevaison** | *Puncture* | pAnnktcheu |
| **Cric** | *Jack* | djak |
| **Culasse** | *Cylinder head* | sillinnde hèd |
| **Débranché** | *Disconnected* | diskenèktid |
| **Débrayer** | *(to) Declutch* | dïklAtch |
| **Défectueux** | *Faulty* | faulti |
| **Déformé** | *Distorted, buckled* | distautid, bAk'ld |
| **Dégivrer** | *(to) Defrost* | difrost |
| **Démarrer** | *(to) Start* | stâtt |
| **Démarreur** | *Starter* | stâteu |
| **Desserré** | *Loose* | louss |
| **Dévisser** | *(to) Unscrew* | Annskrou |
| **Direction** | *Steering* | stïrinn |
| **Dynamo** | *Dynamo* | daïnemO |
| **Éclairage** | *Lighting* | laïtinn |
| **Écrou** | *Screw, nut* | skrou, nAtt |
| **Embrayage** | *Clutch* | klAtch |
| **Embrayer** | *(to) Let in clutch* | lètt inn klAtch |
| **Essence** | *Petrol* (*US: Gas*) | pètreul gass |
| **Essieu** | *Axle* | ax'l |
| **Essuie-glaces** | *Wipers* | waïpeuz |
| **Fermé** | *Closed, shut* | klOzd, shAtt |
| **Feux arrière** | *Rear lights* (*US: Tail lights*) | rieu laïtts teïll laïtts |
| **– de détresse** | *Warning lights* | wauninn laïtts |
| **– de position** | *Sidelights* | saïd-laïtts |

| | | |
|---|---|---|
| **– de stop** | *Brake lights* | breïk laïtts |
| **Fil** | *Wire* | waïeu |
| **Filtre** | *Filter* | filteu |
| **– à air** | *Air filter* | air filteu |
| **– à essence** | *Petrol filter*<br>*(US: Gas filter)* | pètreul filteu<br>gass filteu |
| **– à huile** | *Oil filter* | oïll filteu |
| **Frein** | *Brake* | breïk |
| **– à disque** | *Disk brake* | disk breïk |
| **– à main** | *Hand brake* | hannd breïk |
| **Garniture de frein** | *Brake lining* | breïk laïninn |
| **Jante** | *Rim* | rim |
| **Jauge** *(niveau)* | *Gauge* | gueïdj |
| **Joint de culasse** | *Gasket* | gaskitt |
| **– d'étanchéité** | *Gasket joint* | gaskitt djoïnnt |
| **Klaxonner** | *(to) Blow one's horn* | blO wAnn's hOn |
| **Lavage** | *Wash* | woch |
| **Lave-glace** | *Windscreen wash* | winnd-skrïnn woch |
| **Lent** | *Slow* | slO |
| **Liquide de freins** | *Brake fluid* | breïk flouid |
| **Lubrifiant** | *Lubricant*<br>*(US: Lube)* | loubrikeunt<br>loub |
| **Mécanicien** | *Mechanic* | mikanik |
| **Moteur** | *Motor, engine* | mOteu, èndjinn |
| **MOTO**<br>**Béquille**<br>**Cardan**<br>**Chaîne**<br>**Fourche avant**<br>**– arrière**<br>**Garde-boue**<br>**Guidon**<br>**Poignée**<br>**Poignée des gaz**<br>**Rayon**<br>**Repose-pied**<br>**Selle** | *MOTORBIKE*<br>*Stand*<br>*Shaft*<br>*Chain*<br>*Front fork*<br>*Rear fork*<br>*Mudguard*<br>*Handle bar*<br>*Handle*<br>*Throttle*<br>*Spoke*<br>*Footrest*<br>*Saddle* | mOteubaïk<br>stannd<br>châft<br>tcheïnn<br>frAnnt fauk<br>rieu fauk<br>mAdgâd<br>hanndl bâr<br>hanndl<br>t'hrot'l<br>spOk<br>fouttrèst<br>sadl |
| **Nettoyer** | *(to) Clean* | klïnn |
| **Ouvert** | *Open* | Op'n |
| **Pare-brise** | *Windscreen* | winnd-skrïnn |
| **Pare-chocs** | *Buffer* | bAfeu |
| **Pédale** | *Pedal* | pèd'l |
| **Phares** | *Headlights* | hèdlaïtts |
| **– antibrouillard** | *Fog lights* | fog laïtts |

| | | |
|---|---|---|
| **– de recul** | *Reversing lights* | riveussinn laïtts |
| **Pièce de rechange** | *Spare part* | spair pâtt |
| **Pince** | *Pliers* | plaïeuz |
| **Plaque d'immatriculation** | *Number plate* | nAmmbeu pleïtt |
| **Pneu** | *Tyre* | taïeu |
| **– neige** | *Snow-tyre* | snO taïeu |
| **Pompe** | *Pump* | pAmmp |
| **– à eau** | *Water pump* | wauteu pAmmp |
| **– à essence** | *Petrol pump* (*US: Gas pump*) | pètreul pAmmp gass pAmmp |
| **– à huile** | *Oil pump* | oïll pAmmp |
| **– d'injection** | *Injection pump* | inndjèkcheunn pAmmp |
| **Pot d'échappement** | *Exhaust* | igzaust |
| **Pression des pneus** | *Tyre pressure* | taïeu prècheu |
| **Radiateur** | *Radiator* | reïdieïteu |
| **Ralenti** | *Idling* | aïdlinn |
| **Recharger** | *(to) Recharge* | ritchâdj |
| **Refroidissement** | *Cooling system* | koulinn sisteum |
| **Réglage du parallélisme** | *Alignment check* | eulaïnmeunt tchèk |
| **Régler** | *(to) Adjust* | edjAst |
| **Remorque** | *Trailer* | treïleu |
| **Remorquer** | *(to) Tow* | tO |
| **Remplacer** | *(to) Replace* | ripleïss |
| **Réparation** | *Repair* | ripair |
| **Réservoir d'essence** | *Petrol tank* (*US: Gas tank*) | pètreul tannk gass tank |
| **Rétroviseur extérieur** | *Wing mirror* | winng mireu |
| **– intérieur** | *Rear-view mirror* | rieu viou mireu |
| **Roue** | *Wheel* | wïl |
| **– de secours** | *Spare wheel* | spair wïl |
| **Serrer** | *(to) Tighten* | taïtt'n |
| **Serrure** | *Lock* | lok |
| **Siège** | *Seat* | sïtt |
| **Soupape** | *Valve* | valv |
| **Suspension** | *Suspension* | seuspèncheunn |
| **Système électrique** | *Electric circuit* | ilèktrik seukitt |
| **Système électronique** | *Electronic device* | ilèktronik divaïss |

| | | |
|---|---|---|
| **Tambour de frein** | *Brake drum, pad* | breïk drAm, pad |
| **Thermostat** | *Thermostat* | t'heumostatt |
| **Tournevis** | *Screwdriver* | skroudraïveu |
| **Transmission** | *Transmission* | trannzmicheunn |
| **Usé** | *Worn* | waun |
| **Ventilateur** | *Ventilator, fan* | ventileïteu, fann |
| **Vibrer** | *(to) Vibrate* | vaïbreïtt |
| **Vilebrequin** | *Crank shaft* | krannk châft |
| **Vis** | *Screw* | skrou |
| **Vitesse** | *Speed* | spïd |
| **Vite** | *Fast* | fâst |
| **Volant** | *Steering wheel* | stïrinn wïl |

# Logement • restauration

## Camping

*camping*
kammpinn

**Où se trouve le terrain de camping ?**

**Where is the camping site?**
wair iz ze kammpinn saïtt?

**Comment y parvenir ?**

**How can I get there?**
ha-au kann aï guètt zair?

**Pouvez-vous me montrer le chemin sur la carte ?**

**Can you show me my way on the map?**
kann you chO mï maï weï onn ze map?

Où puis-je **acheter** une bouteille de gaz... une torche électrique ?

**Where can I buy a bottle of gas... an electric torch?**
wair kann aï baï e'bot'l ov gass... eun ilèktrik tautch?

Où puis-je **dresser ma tente** ?

**Where can I pitch my tent?**
wair kann aï pitch maï tènt?

Où se trouve le poste d'**eau potable** ?

**Where is the drinking water fountain?**
wair iz ze drinnkinn wauteu faountènn?

Où puis-je **garer ma caravane... mon camping-car** ?

**Where can I park my caravan... my camping-car?**
wair kann aï pâk maï karevann... maï kammpinn kâr?

Y a-t-il un **magasin d'alimentation** ?

Is there a food store?
iz zair e'foud stau?

Avez-vous de la **place** ?

Do you have any room?
dou you hav éni roum?

Quel est le **prix** par jour et par personne... pour la voiture... la caravane... la tente ?

What's the price per day and per person... for the car... for the caravan... for the tent?
watts ze praïss peu deï annd peu peus'n... fau ze kâr... fau ze karevann... fau ze tènt?

Comment se fait le **raccord au réseau électrique** ?

How can I connect to the electrical network?
ha-au kann aï kenèct tou zi ilèktrik'l nètweurk?

Nous désirons **rester**... jours... semaines.

We want to stay... days... weeks.
wï wannt tou steï... deïz... wïks.

Le camping est-il **surveillé** la nuit ?

Is the camping site guarded at night?
iz ze kammpinn saïtt gâded att naïtt?

Où sont les **toilettes**... les douches... les lavabos... les poubelles ?

Where are the toilets... the showers... the washbasins... the dustbins?
wair ar ze toïlitts... ze chaoeuz... ze woch-beïs'ns... ze dAstbinnz?

Quel est le **voltage** ?

**What's the voltage?**
watts ze **vaul**tidj?

| Vocabulaire | | |
|---|---|---|
| **Alcool à brûler** | *Methylated spirits* | mèt'hileïtid spirits |
| **Allumette(s)** | *Match(es)* | match(iz) |
| **Ampoule** | *Bulb* | bAlb |
| **Assiette** | *Plate* | pleïtt |
| **Bidon** | *Can, drum* | kann, drAm |
| **Bougie** | *Candle* | kannd'l |
| **Bouteille de gaz** | *Bottle of gas* | bot'l ov gass |
| **Branchement** | *Connection* | kenèkcheunn |
| **Briquet** | *Lighter* | laïteu |
| **Buanderie** | *Laundry* | launndri |
| **Caravane** | *Caravan* | karevann |
| **Casserole** | *Saucepan* | sauspann |
| **Catégorie** | *Category, class* | katigeri, klâss |
| **Chaise** | *Chair* | tchair |
| **Chaise longue** | *Deckchair* | dèktchair |
| **Chauffage** | *Heating* | hïtinn |
| **Corde** | *Rope* | rOp |
| **Couteau** | *Knife* | naïf |
| **Couverts** | *Cutlery* | kAtleri |
| **Couverture** | *Blanket* | blannkitt |
| **Cuiller** | *Spoon* | spoun |
| **Décapsuleur** | *Bottle opener* | bot'l Opneu |
| **Douche** | *Shower* | chaoeu |
| **Draps** | *Sheets* | chïtts |
| **Eau potable** | *Drinking water* | drinnkinn wauteu |
| **– chaude** | *Hot water* | hott wauteu |
| **– froide** | *Cold water* | kOld wauteu |
| **Emplacement** | *Location* | lokeïcheunn |
| **Enregistrement** | *Registration* | règistreïcheunn |
| **Fourchette** | *Fork* | fauk |
| **Gardien** | *Guardian, caretaker* | gâdieunn, kairteïkeu |
| **Gobelet** | *Mug* | mAg |
| **Gourde** | *Water bottle, flask* | wauteu bot'l, flâsk |
| **Lampe de poche** | *Torch* | tautch |
| **– tempête** | *Storm lantem* | staum lannteunn |

| **Linge** | *Linen* | linenn |
|---|---|---|
| **Lit de camp** | *Camp bed* | kammp bèd |
| **Louer** | *(to) Rent* | rènt |
| **Machine à laver** | *Washing machine* | wochinn mechinn |
| **Marteau** | *Hammer* | hameu |
| **Mât de tente** | *Tent pole* | tènnt pOl |
| **Matelas** | *Mattress* | matriss |
| **– pneumatique** | *Inflatable mattress* | innfleïteb'l matriss |
| **Matériel de camping** | *Camping gear* | kammpinn guieu |
| **Moustiquaire** | *Mosquito net* | moskitO nètt |
| **Ouvre-boîtes** | *Tin*<br>*(US: Can opener)* | tïnn<br>kann Opneu |
| **Papier hygiénique** | *Toilet paper* | toïlitt peïpeu |
| **Pinces** | *Tweezers, pliers* | twïzeuz, plaïeuz |
| **– à linge** | *Clothes pegs* | klOz pègz |
| **Piquet de tente** | *Tent peg* | tènt pèg |
| **Piscine** | *Swimming pool* | swiminn poul |
| **Poubelle** | *Dustbin*<br>*(US: Trash can)* | dAstbinn<br>trach kann |
| **Prise de courant** | *Socket point* | sokitt poïnnt |
| **Réchaud** | *Camping stove* | kammpinn stOv |
| **Réfrigérateur** | *Refrigerator*<br>*(US: Freezer)* | rifridjereïteu<br>frïzeu |
| **Remorque** | *Trailer* | treïleu |
| **Robinet** | *Tap*<br>*(US: Faucet)* | tap<br>faussitt |
| **Sac à dos** | *Rucksack* | rAksak |
| **– de couchage** | *Sleeping bag* | slïpinn bag |
| **Seau** | *Bucket, pail* | bAkitt, peïll |
| **Table** | *Table* | teïb'l |
| **Tapis de sol** | *Ground sheet* | graound chïtt |
| **Tasse** | *Cup* | kAp |
| **Tendeur** | *Runner* | rAneu |
| **Tente** | *Tent* | tènt |
| **Terrain de jeux** | *Playground* | pleïgraound |
| **Toilettes** | *Toilets* | toïlitts |
| **Tournevis** | *Screwdriver* | skroudraïveu |
| **Trousse de secours** | *First-aid box* | feust eïd box |
| **Vaisselle** | *Crockery* | krokeri |

## Hôtel

***hotel***
hOtèl

**Où y a-t-il un bon hôtel... un hôtel bon marché ?**

**Where can I find a good hotel... a cheap hotel?**
wair kann aï faïnnd e'goud hOtèl... e'tchïp hOtèl?

**Je suis monsieur**, madame, mademoiselle... **j'ai réservé** pour une, deux nuit(s) une (ou deux) chambre(s) (un lit ou deux lits) avec douche... avec bain... avec télévision.

**I am Mister (Mr.), Mrs., Miss...**
**I booked** (*US: **reserved***) **one (or two) room(s) (single bed or double bed) for one or two night(s) with shower... bath... television.**
aïm misteu, missiz, miss... aï boukt (rizeuv'd) wAnn (or tou) roumz (sinngueul bèd or dAb'l bèd) fau wAnn or tou naïtts wiz chaoeu... bat'h... télivïjeunn.

| FERMÉ | OUVERT | COMPLET |
|---|---|---|
| CLOSED | *OPEN* | *NO VACANCIES* |
| *kl*Ozd | Op'n | nO veïkeunsiz |

**Acceptez-vous** les animaux ?

**Do you accept animals?**
dou you eksèpt anim'lz?

J'**attends** quelqu'un. Je suis dans le salon... au bar.

**I'm expecting a visit. I'm in the lounge... in the bar.**
aïm ixpèctinn e'vizitt. aïm inn ze laoundj... inn ze bâr.

Où se trouve le **bar** ?

**Where is the bar?**
wair iz ze bâr?

Avez-vous des **cartes postales**... des timbres ?

**Do you have any postcards... any stamps?**
dou you hav èni pOstkâdz... èni stammps?

Je voudrais une **chambre** calme.

**I'd like a quiet room.**
aïd laïk e'kwaïeutt roum.

Peut-on voir la **chambre**, s'il vous plaît ?

**Can we see the room, please?**
kann wï sï ze roum, plïz?

Acceptez-vous les **chèques**... les cartes de crédit ?

**Do you accept checks... credit cards?**
dou you eksèpt tchèks... kréditt kâdz?

Pouvez-vous me donner la **clé**, s'il vous plaît ?

**Can you give me the key, please?**
kann you guiv mï ze kï, plïz?

J'ai laissé la **clé** à l'intérieur.

**I've left the key in my room.**
aïv lèft ze kï inn maï roum.

Avez-vous un **coffre** ?

**Do you have a safe?**
dou you hav e'seïf?

Pourriez-vous faire **descendre** mes bagages ?

**Can I have my luggage (*US: baggage*) brought down?**
kann aï hav maï lAguidj (baguidj) brautt daoun?

L'**électricité** (la prise de courant) ne fonctionne pas.

**There's no electricity, the wall socket doesn't work.**
zairz nO ilèktrissiti, ze waul saukitt dAzn't weurk.

Voulez-vous m'envoyer la **femme de chambre** ?

**Can you send me a maid, please?**
kann you sènd mï e'meïd, plïz?

La **fenêtre**... la porte... le verrou ferme mal.

**The window... the door... the lock doesn't close properly.**
ze winndO... ze dau... ze lok... dAzn't klOz propeuli.

Voulez-vous remplir cette **fiche** ?

**Please fill this form in?**
plïz fil ziss faum inn?

J'ai du **linge à faire laver**... nettoyer... repasser.

**I have some laundry to be washed... cleaned... ironed.**
aï hav sAm launndri tou bï wocht... klïnnd... aïeund.

Y a-t-il un **message** pour moi ?

**Is there a message for me?**
iz zair e'mèssidj fau mï?

Pourriez-vous m'expliquer les détails de cette **note** ?

**Please explain the details on this bill.**
plïz ixpleïnn ze diteïlz onn ziss bil.

Je ne peux pas **ouvrir** la porte de ma chambre.

**I can't open the door to my room.**
aï kannt Op'n ze dau tou maï roum.

Avez-vous un **parking** ou un garage ?

> **Do you have a car park or a garage?**
> dou you hav e'kâr pâk or e'garidj (*US: garaj*)?

Je pense **partir** demain. Préparez ma note, s'il vous plaît.

> **I'll probably leave tomorrow. Please prepare my bill.**
> aïll probeubli lïv toumorO. plïz pripair maï bil.

Le **petit déjeuner** est-il compris... servi dans la chambre... avec ou sans supplément ?

> **Is breakfast included... served in my room... with or without a supplement?**
> iz brèkfeust inncloudid... seuvd inn maï roum... ouiz or ouizaoutt e'sAplimeunt?

Je suis **pressé**... en retard.

> **I'm in a hurry... late.**
> aïm inn e'hAri... leïtt.

Je vous **remercie** de votre excellent service.

> **Thank you for the excellent service.**
> t'hannk you fau zi èkseuleunt seuviss.

Je **rentre** (je reviens) à... heures.

> **I'll be back at...**
> aïll bï bak att...

Avez-vous un bureau de **réservation** pour les spectacles... les visites touristiques ?

> **Do you have a booking (*US: reservation*) service for entertainments... for guided tours?**
> dou you hav e'boukinn

(rézeveïcheunn) seuviss fau
ènteuteïnmeuntss... fau gaïdid tauz?

Y a-t-il un **restaurant** à l'hôtel ?

**Is there a restaurant in the hotel?**
iz zair e'rèsterantt inn ze hOtèl?

Je pense **rester**... jours... semaine(s)... jusqu'à...

**I'll be staying... days... week(s)... until...**
aïll bï steïnn... deïz... wïk(s)... Anntil...

Combien de temps **restez**-vous ?

**How long will you be staying?**
ha-au lonng wil you bï steïnn?

Voudriez-vous me **réveiller** à...

**Please wake me up at...**
plïz weïk mï Ap att...

Je voudrais une **serviette** de bain... une couverture... du fil à coudre et une aiguille... du savon... du papier à lettres... une enveloppe.

**I'd like a bath towel... a blanket... a needle and thread... some soap... some writing paper... an envelope.**
aïd laïk e'bat'h taoeul... e'blannkitt... e'nïd'l annd t'hrèd... sAm sOp... sAm raïtinn peïpeu... eun ènveulOp.

Le **stationnement** est-il autorisé dans cette rue ?

**Am I allowed to park in this street?**
am aï ela-aud tou pâk inn ziss strïtt?

Je voudrais **téléphoner** en France... en ville...

**I'd like to call France... make a local call.**
aïd laïk tou kaul franns... meïk e'lOk'l kaul.

Combien de **temps** faut-il pour aller à la gare... à l'aéroport ?

> **How long does it take to get to the station... to the airport?**
> ha-au lonng dAz itt teïk tou guètt tou ze steïcheunn... tou zi épautt?

Nos **voisins** sont bruyants.

> **Our neighbours make too much noise.**
> aoueu neïbeuz meïk tou mAtch noïz.

Quel est le **voltage** ?

> **What's the voltage?**
> watts ze vaultidj?

| Vocabulaire | | |
|---|---|---|
| **Accueil** | *Reception* | risèpcheunn |
| **Air conditionné** | *Air conditioned* | air konndicheund |
| **Ampoule** | *Bulb* | BAlb |
| **Arrivée** | *Arrival* | eraïv'l |
| **Ascenseur** | *Lift* | lift |
| **Baignoire** | *Bath* | bat'h |
| **Balcon** | *Balcony* | balkeuni |
| **Bidet** | *Bidet* | bideï |
| **Caisse** | *Cash desk* | kach dèsk |
| **Cendrier** | *Ashtray* | achtreï |
| **Chaise** | *Chair* | tchair |
| **Chambre** | *Room* | roum |
| **Chasse d'eau** | *Flushing system* | flAchinn sisteum |
| **Chaud** | *Hot* | hott |
| **Chauffage** | *Heating* | hïtinn |
| **Chèque de voyage** | *Traveller's check* | travleuz tchèk |
| **Cintre** | *Coat hanger* | kOtt hanngueu |
| **Clé de la chambre** | *Room key* | roum kï |
| **Complet** | *Full, no vacancies* | foul, nO veïkeunsiz |
| **Concierge** | *Guardian* | gâdieunn |
| **Courant** | *Current* | kAreunt |
| **Couverture** | *Blanket* | blannkitt |
| **Demi-pension** | *Half-pension* | hâf pèncheunn |

| | | |
|---|---|---|
| **Direction** | *Management* | manidjmeunt |
| **Douche** | *Shower* | chaoeu |
| **Écoulement** | *Drain* | dreïnn |
| **Fermé** | *Closed* | klOzd |
| **Froid** | *Cold* | kOld |
| **Fuite** | *Leak* | lïk |
| **Interrupteur** | *Switch* | switch |
| **Lit** | *Bed* | bèd |
| **Lumière** | *Light* | laïtt |
| **Miroir** | *Mirror* | mireu |
| **Nettoyer** | *(to) Clean* | klïnn |
| **Note** | *Bill* | bil |
| **Oreiller** | *Pillow* | pilO |
| **Ouvert** | *Open* | Op'n |
| **Papiers d'identité** | *Identity papers* | aïdèntiti peïpeuz |
| **Pension complète** | *Full pension* | foul pèncheunn |
| **Porteur** | *Porter* | pauteu |
| **Portier** | *Doorman* | dauman |
| **Rasoir électrique** | *Electric shaver* | ilèktrik cheïveu |
| **– mécanique** | *Razor* | reïzeu |
| **RÉCEPTION** | *RECEPTION* | risèpcheunn |
| **Réfrigérateur** | *Refrigerator*<br>*(US:* Freezer) | rifridjereïteu<br>frïzeu |
| **Robinet** | *Tap*<br>*(US:* Faucet) | tap<br>faussitt |
| **SALLE À MANGER** | *RESTAURANT, DINING ROOM* | rèsterantt, daïninn roum |
| **Salle de bain** | *Bathroom* | bat'hroum |
| **Savon** | *Soap* | sOp |
| **SERVICE** | *SERVICE* | seuviss |
| **Serviette de bain** | *Bath towel* | bat'h taoeul |
| **– de toilette** | *Towel* | taoeul |
| **Table de nuit** | *Bedside table* | bèdsaïd teïb'l |
| **TOILETTES** | *TOILETS* | toïlitts |
| **Verrou** | *Lock* | lok |
| **Voltage** | *Voltage* | vaultidj |

## Animaux de compagnie

*pets*
pètts

Acceptez-vous les **animaux** ?

**Do you accept animals?**
dou you eksèpt anim'lz?

Mon chien n'est pas **méchant**.

**My dog isn't fierce.**
maï dog iz'nt fieuss.

Faut-il payer un **supplément** ?

**Do I have to pay a supplement?**
dou aï hav tou peï e'sAplimeunt?

Où puis-je trouver un **vétérinaire** ?

**Where can I find a vet?**
wair kann aï faïnnd e'vètt?

| Vocabulaire | | |
|---|---|---|
| **Aboyer** | *(to) Bark* | bâk |
| **Certificat** | *Certificate* | seutifikeutt |
| **Chat** | *Cat* | katt |
| **Chien** | *Dog* | dog |
| **Chienne** | *Bitch* | bitch |
| **Collier** | *Collar* | koleu |
| **Croc** | *Fang* | fanng |
| **Docile** | *Docile* | dOssaïll |
| **Enragé** | *Mad* | mad |
| **Gueule** | *Mouth* | maout'h |
| **Laisse** | *Lead*<br>*(US: Leash)* | lïd<br>lïch |
| **Malade** | *Sick* | sik |
| **Miauler** | *(to) Mew* | miou |
| **Muselière** | *Muzzle* | mAz'l |
| **Obéissant** | *Obedient* | ebïdieunt |
| **Pattes** | *Paws* | pauz |
| **Propre** | *Clean* | klïnn |

| | | |
|---|---|---|
| **Queue** | *Tail* | teïll |
| **Vaccin** | *Vaccination* | vaxineïcheunn |

## Petit déjeuner

*breakfast*
brèkfeust

| Vocabulaire | | |
|---|---|---|
| **Assiette** | *Plate* | pleïtt |
| **Beurre** | *Butter* | bAteu |
| **Boire** | *(to) Drink* | drinnk |
| **Café noir** | *Black coffee* | blak kofi |
| **– au lait** | *Coffee with milk* | kofi wiz milk |
| **Chaud** | *Hot* | hott |
| **Chocolat** | *Chocolate* | tchoklitt |
| **Citron** | *Lemon* | lèm'n |
| **Confiture** | *Jam* | djam |
| **Couteau** | *Knife* | naïf |
| **Cuiller** | *Spoon* | spoun |
| **– (petite)** | *Teaspoon* | tïspoun |
| **Eau** | *Water* | wauteu |
| **Fourchette** | *Fork* | fauk |
| **Froid** | *Cold* | kOld |
| **Fromage** | *Cheese* | chiz |
| **Fruit** | *Fruit* | froutt |
| **Jambon** | *Ham* | ham |
| **Jus de citron** | *Lemon juice* | lèm'n djouss |
| **– de fruits** | *Fruit juice* | froutt djouss |
| **– d'orange** | *Orange juice* | orinndj djouss |
| **– de pamplemousse** | *Grapefruit juice* | greïpfroutt djouss |
| **– de pomme** | *Apple juice* | ap'l djouss |
| **Miel** | *Honey* | hAni |
| **Œufs brouillés** | *Scrambled eggs* | skrammb'ld ègz |
| **– à la coque** | *Boiled eggs* | boïld ègz |
| **– au plat** | *Fried eggs* | fraïd ègz |
| **Omelette** | *Omelette* | omlitt |
| **Pain** | *Bread* | brèd |
| **Poivre** | *Pepper* | pèpeu |

| | | |
|---|---|---|
| **Saucisse** | *Sausage* | sossidj |
| **Sel** | *Salt* | sault |
| **Soucoupe** | *Saucer* | sausseu |
| **Sucre** | *Sugar* | chougueu |
| **Tasse** | *Cup* | kAp |
| **Thé** | *Tea* | tï |
| **Toast** | *Toast* | tOst |
| **Verre** | *Glass* | glâss |
| **Yaourt** | *Yoghourt* | yogueutt |

## Restauration

*eating out*
ïtinn aoutt

**Pouvez-vous m'indiquer un bon restaurant...**
un restaurant bon marché... à prix raisonnable ?

**Can you tell me where I can find a good restaurant... a cheap restaurant... at a reasonable price?**
kann you tèl mï wair aï kann faïnnd e'goud rèsterantt... e'tchïp rèsterantt... att e'rïzneub'l praïss?

**Pouvons-nous déjeuner... dîner ?**

**May we lunch... dine?**
meï wï lAnnch... daïnn?

S'il vous plaît, je voudrais une **boisson** chaude... froide... fraîche... une bière... un jus de fruits... un verre de...

**I'd like a hot... cold... iced drink... a beer... a fruit juice... a glass of..., please.**
aïd laïk e'hott... kOld... aïssd drinnk... e'bieu... e'froutt djouss... e'glâss ov..., plïz.

Apportez-moi la **carte**, s'il vous plaît.

**Can you bring me the menu, please.**
kann you brinng mï ze mèniou, plïz.

Je n'ai pas **commandé** cela.

**That's not what I ordered.**
zatts nott watt aï audeud.

Que me **conseillez-vous** sur cette carte ?

**What do you recommend on the menu?**
watt dou you rèkeumènd onn ze mèniou?

C'est trop **cuit**... pas assez cuit.

**It's overcooked... undercooked.**
its Oveukoukt... Anndeukoukt.

Je ne désire pas d'**entrée**.

**I don't want a starter.**
aï dOnnt wannt e'stâteu.

Il y a une **erreur**.

**There's a mistake.**
zairz e'misteïk.

Est-ce **fromage** ou dessert, ou les deux ?

**Is it cheese or dessert, or both?**
iz itt tchïz or dizeutt, or bOt'h?

Servez-vous un **menu à prix fixe** ?

**Do you serve a fixed price menu?**
dou you seuv e'fix'd praïss mèniou?

Pouvez-vous **réchauffer** ce plat, il est froid ?

**This dish is cold, can you please reheat it?**
ziss dich iz kOld, kann you plïz rihïtt itt?

J'ai **réservé** une table pour deux personnes.

**I've booked (*US: reserved*) a table for two.**
aïv b**ou**kt (riz**eu**vd) e'**teï**b'l fau **tou**.

Je voudrais **réserver** pour quatre personnes.

**I'd like to book (*US: reserve*) for four.**
aïd **laïk** tou b**ou**k (ris**eu**v) fau **fau**.

Le **service** est-il compris ?

**Is the service included?**
iz ze s**eu**viss inncl**ou**did?

L'addition, **s'il vous plaît**.

**The bill (*US: check*), please.**
ze bil (tchèk), plïz.

Ce **vin sent le bouchon.**

**This wine is corked.**
ziss waïnn iz **kau**kt.

| Vocabulaire | | |
|---|---|---|
| **Addition** | *Bill*<br>*(US: Check)* | bil<br>tchèk |
| **Agneau (viande)** | *Lamb* | lamm |
| **Ail (avec)** | *With garlic* | wiz gâlik |
| **– (sans)** | *Without garlic* | wizaoutt gâlik |
| **Ananas** | *Pineapple* | païnap'l |
| **Anchois** | *Anchovy* | anntchevi |
| **Apéritif** | *Aperitif* | epèritiv |
| **Artichaut** | *Artichoke* | âtitchOk |
| **Asperges** | *Asparagus* | euspareugueuss |
| **Assaisonner** | *(to) Season* | sïz'n |
| **Assiette** | *Plate* | pleïtt |
| **Beurre** | *Butter* | bAteu |
| **Bière blonde** | *Pale ale, lager* | peïll eïll, lâgueu |
| **– en bouteille** | *Bottled beer* | bot'ld bieu |
| **– brune** | *Brown ale* | braoun eïll |
| **– pression** | *Draught beer* | drâft bieu |

| | | |
|---|---|---|
| **Bœuf (viande)** | *Beef* | bïf |
| **Boire** | *(to) Drink* | drinnk |
| **Boissons** | *Drinks* | drinnks |
| **Bouilli** | *Boiled* | boïld |
| **Braisé** | *Stewed, braised* | stioud, breïzd |
| **Brûlé** | *Burnt* | beuntt |
| **Café** | *Coffee* | kofi |
| **– fort** | *Strong coffee* | stronng kofi |
| **– léger** | *Weak coffee* | wïk kofi |
| **– au lait** | *Coffee with milk* | kofi wiz milk |
| **Canard** | *Duck* | dAk |
| **Carafe** *(eau)* | *Jug* | djAg |
| **Carafe** *(vin)* | *Carafe* | keuraf |
| **Carotte** | *Carrot* | kareutt |
| **Cendrier** | *Ashtray* | achtreï |
| **Champignons** | *Mushrooms* | mAchroumz |
| **Charcuterie** | *Cold cuts* | kOld kAtts |
| **Chaud** | *Hot* | hott |
| **Chocolat** | *Chocolate* | tchoklitt |
| **Citron** | *Lemon* | lèm'n |
| **Complet** | *Full* | foul |
| **Courgettes** | *Courgettes* | kourgètts |
| **Couteau** | *Knife* | naïf |
| **Couverts** | *Cutlery* | kAtleri |
| **Cuiller à soupe** | *Soup spoon* | soup spoun |
| **– (petite)** | *Teaspoon* | tïspoun |
| **Cuit** | *Cooked* | koukt |
| **– (bien)** | *Well cooked* | wèl koukt |
| **– (peu)** | *Undercooked* | Anndeukoukt |
| **– au four** | *Baked* | beïkt |
| **– à la vapeur** | *Steamed* | stïmd |
| **Cure-dent** | *Toothpick* | tout'h-pik |
| **Déjeuner** | *Lunch* | lAnnch |
| **Déjeuner (petit)** | *Breakfast* | brèkfeust |
| **Dessert** | *Dessert* | dizeutt |
| **Diététique** | *Health food* | hèlt'h foud |
| **Eau minérale gazeuse** | *Sparkling mineral water* | spâklinn minereul wauteu |
| **– minérale plate** | *Mineral water* | minereul wauteu |
| **Entrée** | *Starter* | stâteu |
| **Épices** | *Spices* | spaïssiz |

| | | |
|---|---|---|
| **Faim** | *Hunger* | heunngueu |
| **Farci** | *Stuffed* | stAft |
| **Foie** | *Liver* | liveu |
| **Fourchette** | *Fork* | fauk |
| **Frit** | *Fried* | fraïd |
| **Frites** | *French fries* | frèntch fraïz |
| **Fromage** | *Cheese* | tchïz |
| **Fruit** | *Fruit* | froutt |
| **Garçon** | *Waiter* | weïteu |
| **Gibier** | *Game* | gueïm |
| **Gigot** | *Leg of lamb* | lèg ov lamm |
| **Glace** | *Ice* | aïss |
| – *(dessert)* | *Ice-cream* | aïskrïm |
| **Goût** | *Taste* | teïst |
| **Grillé** | *Grilled* | grïld |
| **Haricots en grains** | *Beans* | bïnnz |
| **– verts** | *Green beans (US: French beans)* | grïnn bïnnz frèntch bïnnz |
| **Hors-d'œuvre** | *Hors d'œuvre, starters* | aurdeuvr, stâteuz |
| **Huile** | *Oil* | oïll |
| **– d'olive** | *Olive oil* | oliv oïll |
| **Jus de fruits** | *Fruit juice* | froutt djouss |
| **– de viande** | *Gravy* | greïvi |
| **Langoustines** | *Scampi* | skammpi |
| **Lapin** | *Rabbit* | rabitt |
| **Légumes** | *Vegetables* | vèdjetèb'lz |
| **Manger** | *(to) Eat* | ïtt |
| **Menu** | *Menu* | mèniou |
| **Moutarde** | *Mustard* | mAsteud |
| **Mouton (viande)** | *Mutton* | mAt'n |
| **Nappe** | *Tablecloth* | teïb'lklot'h |
| **Nouilles** | *Noodles* | noud'lz |
| **Œufs brouillés** | *Scrambled eggs* | skrammb'ld ègz |
| **– à la coque** | *Boiled eggs* | boïld ègz |
| **– au plat** | *Fried eggs* | fraïd ègz |
| **– durs** | *Hard-boiled eggs* | hâd boïll ègz |
| **Oignon** | *Onion* | Anieunn |
| **Omelette** | *Omelette* | omlitt |
| **Orange** | *Orange* | orinndj |
| **Ouvert** | *Open* | Op'n |

| | | |
|---|---|---|
| **Pâtisserie** | *Pastry* | peïstri |
| **Petits pois** | *Green peas* | grïnn pïz |
| **Pichet** | *Jug* | djAg |
| **Plat** | *Dish* | dich |
| **– du jour** | *Course of the day* | kauss ov ze deï |
| **Point (à)** | *Medium cooked* | mïdieum koukt |
| **Poisson** | *Fish* | fich |
| **Poivre** | *Pepper* | pèpeu |
| **Pomme de terre** | *Potato* | peteïtO |
| **Porc (viande)** | *Pork* | pauk |
| **Portion** | *Piece, portion* | pïss, paucheunn |
| **Potage** | *Soup* | soup |
| **Poulet** | *Chicken* | tchikinn |
| **Riz** | *Rice* | raïss |
| **Rôti** | *Roast* | rOst |
| **Saignant** | *Medium rare* | mïdieum rair |
| **Salade** | *Salad* | saleud |
| **Sauce** | *Sauce* | sauss |
| **Sel** | *Salt* | sault |
| **– (sans)** | *Salt-free* | sault-frï |
| **Serviette** | *Napkin* | napkinn |
| **Sorbet** | *Sorbet* | saubeï |
| **Steak** | *Steak* | steïk |
| **– haché** | *Minced beef* | minnst bïf |
| **Sucre** | *Sugar* | chougueu |
| **Tarte** | *Tart* | tâtt |
| **Tasse** | *Cup* | kAp |
| **Tendre** | *Tender* | tèndeu |
| **Thé** | *Tea* | tï |
| **Tomate** | *Tomato* | temâtO |
| **Tranche** | *Slice* | slaïss |
| **Veau (viande)** | *Veal* | vïl |
| **Verre** | *Glass* | glâss |
| **Viande** | *Meat* | mïtt |
| **Vin** | *Wine* | waïnn |
| **– blanc** | *White wine* | waïtt waïnn |
| **– rouge** | *Red wine* | rèd waïnn |
| **Vinaigre** | *Vinegar* | vinigueu |
| **Volailles** | *Poultry, fowl* | pOltri, faoull |

# Achats

## Les phrases indispensables

Je voudrais **acheter**...

**I'd like to buy...**
aïd laïk tou baï...

Pouvez-vous m'**aider** ?

**Can you help me?**
kann you hèlp mï?

Acceptez-vous les **cartes de crédit**... les traveller's chèques ?

**Do you accept credit cards... traveller's checks?**
dou you eksèpt kréditt kâdz... travleuz tchèks?

Où est le **centre commercial**... le marché ?

**Where is the main shopping center... the market?**
wair iz ze meïnn chopinn'cènteu... ze mâkitt?

**Au coin de la rue.**

**On the corner of the street.**
onn ze kauneu ov ze strïtt.

**Première rue à droite.**

**First on the right.**
feust onn ze raïtt.

**Deuxième à gauche.**

**Second on the left.**
sèkeund onn ze lèft.

**Tout près d'ici.**

**Very near here.**
vèri nieu hieu.

**C'est loin.**

> **It's far.**
> its fâr.

Pouvez-vous me donner le **certificat d'origine**... la **facture** ?

> **Can you give me the certificate of origin... the invoice?**
> kann you guiv mï ze seutifikeutt ov oridjinn... zi innvoïss?

Cela me **convient**.

> **That suits me.**
> zatt siouts mï.

J'aimerais une **couleur** plus... foncée... plus claire.

> **I'd like a darker... lighter... colour.**
> aïd laïk e'dâkeu... e'laïteu... kAleu.

Combien cela **coûte**-t-il ?

> **How much does this cost?**
> ha-au mAtch dAz ziss kost?

Quels sont les **droits de douane** à payer ?

> **How much customs tax must I pay?**
> ha-au mAtch kAstemz tax mAst aï peï?

À quelle heure **fermez-vous** ?

> **What time do you close?**
> watt taïm dou you klOz?

J'**hésite** un peu... encore.

> **I'm not quite sure... yet.**
> aïm nott kwaïtt chour... yètt.

Pouvez-vous **livrer** ce paquet à l'hôtel ?

> **Can you deliver this parcel to my hotel?**
> kann you diliva ziss pâs'l tou maï hOtèl?

Avez-vous de la **monnaie** ?

**Do you have any change?**
dou you hav éni tcheïndj?

Pouvez-vous me **montrer** autre chose ?

**Can you show me something else?**
kann you chO mï sAmt'hinn èls?

Où dois-je **payer**... à la caisse ?

**Where do I pay... at the cash desk?**
wair dou aï peï... att ze kach dèsk?

Celui-ci me **plairait** plus.

**I'd like this better.**
aïd laïk ziss bèteu.

Écrivez-moi le **prix**, s'il vous plaît.

**Please write the price down.**
Plïz raïtt ze praïss daoun.

Puis-je **regarder**, s'il vous plaît ?

**May I look, please?**
meï aï louk, plïz?

Pouvez-vous me **rembourser** ?

**Can you refund me?**
kann you rifAnnd mï?

Je **repasserai** dans la journée... demain.

**I'll come back later... tomorrow.**
aïll kAm bak leïteu... toumorO.

Ceci fait-il partie des **soldes** ?

**Is this a sales item?**
iz ziss e'seïlz aït'm?

Cela me **va** bien.

**It suits me fine.**
itt siouts mï faïnn.

Merci, au revoir !

**Thank you, goodbye!**
t'hannk you, goud baï!

## Appareils électriques • électronique • micro-informatique

*electrical appliances • electronic • micro-computer*
ilètrik'l euplaï-eunsiz • ilèktronic • maïkreu kommpiouteu

Un **adaptateur** est-il nécessaire ?

**Is an adapter necessary?**
iz an'edapteu nécisseri?

Cet **appareil** est déréglé.

**This device is out of order.**
ziss divaïss iz aoutt ov audeu.

Pouvez-vous me donner le **certificat d'origine**... la **facture** ?

**Can you give me the certificate of origin... the invoice?**
kann you guiv mï ze seutifikeutt ov oridjinn... zi innvoïss?

Avez-vous ce type de **piles** ?

**Do you have this type of battery?**
dou you hav ziss taïp ov bateri?

Ma **radio** est en panne.

**My radio's not working.**
maï reïdiOz nott weurkinn.

Pouvez-vous le (ou la) **réparer** ?

**Can you repair it?**
kann you ripair itt?

Quand pourrai-je le (ou la) **reprendre** ?

**When can I collect it?**
wènn kann aï kelèct itt?

| Vocabulaire | | |
|---|---|---|
| **Accessoires** | *Accessories* | aksèssorïz |
| **Adaptateur** | *Adapter* | edapteu |
| **Airport** | *Airport* | èpautt |
| **Alimentation** | *Power* | paoueu |
| **Ampérage** | *Amperage* | ammperidj |
| **Amplificateur** | *Amplifier* | ammpli-faïeu |
| **Ampoule** | *Bulb* | bAlb |
| **Antenne** | *Aerial*<br>*(US: Antenna)* | èrieul<br>anntèneu |
| **Assistance** | *Support* | seupautt |
| **Autoradio** | *Car radio* | kâr reïdiO |
| **Baladeur** | *Walkman* | waukmann |
| **Brancher** | *(to) Connect* | kenèct |
| **Bruit** | *Noise* | noïz |
| **Câble** | *Cable* | keïb'l |
| **Calculatrice** | *Calculator* | kalkiouleïteu |
| **Cartouche** | *Cartridge* | kâtridj |
| **Clavier** | *Keyboard* | kïbaud |
| **Connexion** | *Connection* | kenèkcheunn |
| **Courant** | *Current* | kAreunt |
| **Dévisser** | *(to) Unscrew* | eunnskrou |
| **Disques compacts** | *Compact discs, CD* | keumpact disks, sïdï |
| **Écouteurs** | *Earphones* | ieurfOnnz |
| **Écran** | *Screen* | skrïnn |
| **Enceintes** | *Speakers* | spïkeuz |
| **Encre** | *Ink* | innk |
| **Étui** | *Incase* | innkeïss |
| **Facture** | *Invoice* | innvoïss |
| **Fer à repasser** | *Iron* | aïeunn |
| **Fil** | *Wire* | waïr |
| **Fréquence** | *Frequency* | frikwènci |
| **Garantie** | *Guarantee* | gareuntï |
| **Haut-parleur** | *Loud-speaker* | laoud-spïkeu |
| **Imprimante** | *Printer* | prinnteu |
| **Internet** | *Internet* | innteurnèt |
| **Interrupteur** | *Switch* | switch |
| **Jet d'encre** | *Inkjet* | innkdjètt |
| **Lampe** | *Lamp* | lammp |
| **Laser** | *Laser* | leïzèr |
| **Logiciel** | *Software* | softwair |
| **Magnétophone** | *Tape recorder* | teïp rikaudeu |

| | | |
|---|---|---|
| **Magnétoscope** | *Videotape recorder* | vidiOteïp rikaudeu |
| **Mémoire** | *Memory* | mèmmori |
| **Multifontions** | *Multifunctions* | mAltifonnkcheunn |
| **Ordinateur** | *Computer* | kommpiouteu |
| **Ordinateur portable** | *Laptop* | laptop |
| **Pile** | *Battery* | bateri |
| **Portatif** | *Portable* | pauteb'l |
| **Prise double** | *Plug and socket* | plAg annd sokitt |
| **– simple** | *Plug* | plAg |
| **Radio** | *Radio* | reïdiO |
| **Rallonge** | *Extension* | ixtèncheunn |
| **Réparer** | *(to) Repair* | ripair |
| **Réseau** | *Networking* | nètweukïnn |
| **Résistance** | *Resistor* | rizisteu |
| **Réveil** | *Alarm clock* | elâm klok |
| **Sans fil** | *Wireless* | waïrlèss |
| **Scanner** | *Scanner* | skAneu |
| **Souris** | *Mouse* | maouss |
| **Stockage** | *Storage* | staureïdj |
| **Téléchargement** | *Download* | daounlOd |
| **Tête de lecture** | *Reading head* | rïdinn hèd |
| **Touche** | *Key* | kï |
| **Transformateur** | *Transformer* | trannsfaumeu |
| **Visser** | *(to) Screw* | skrou |
| **Voltage 110** | *Voltage one ten* | vaultidj wAnn tènn |
| **– 220** | *– two twenty* | – tou twènti |

## Banque

***bank***
bannk

Où est la **banque**... le distributeur automatique le plus proche ?

**Where is the nearest bank... cash dispenser?**
wair iz ze nieurèst bannk... kach dispènnseu?

Y a-t-il un **bureau de change** près d'ici ?

**Is there a bank nearby where I can change some money?**

iz zair e'bannk nieurbaï wair aï kann tcheïndj sAm mAni?

J'ai une **carte de crédit**.

**I have a credit card.**
aï hav e'kréditt kâd.

Le distributeur a **avalé** ma carte.

**The cash dispenser has retained my card.**
the kâch dispènnseu haz riteïnd maï kâd.

Je voudrais **changer** des euros... des francs suisses.

**I'd like to change some euros... Swiss francs.**
aïd laïk tou tcheïndj sAm yourOz... souiss frannks.

Quel est le **cours du change** ?

**What is the exchange rate?**
watt iz zi ixtcheïndj reïtt?

Je voudrais encaisser ce **chèque de voyage**.

**I'd like to cash this traveller's check.**
aïd laïk tou kach ziss travleuz tchèk.

Quelles sont les heures d'**ouverture** de la banque ?

**At what time is the bank open?**
att watt taïm iz ze bannk Op'n?

Je voudrais signaler la **perte** de ma carte de crédit/ **faire opposition** à un chèque.

**I'd like to report the loss of my credit card/stop a check.**
aïd laïk tou ripautt ze loss ov maï krèditt kâd/stop e tchèk.

J'attends un **virement**, est-il arrivé ?

**I'm waiting for a transfer, has it arrived yet?**
aïm weïtinn fau e'trannsfeu, haz itt eraïvd yètt?

| Vocabulaire | | |
|---|---|---|
| **Argent** | *Money* | mAni |
| **Billet** | *Banknote* (*US: Bill*) | bannknOtt bil |
| **CAISSE** | *CASHIER* | kachieu |
| **Carnet de chèques** | *Checkbook* | tchèkbouk |
| **Carte de crédit** | *Credit card* | krèditt kâd |
| **CHANGE** | *EXCHANGE* | ixtcheïndj |
| **Changer** | *(to) Exchange* | ixtcheïndj |
| **Chèque** | *Check* | tchèk |
| **Chèque de voyage** | *Traveller's check* | travleuz tchèk |
| **Commission** | *Commission* | kemicheunn |
| **Compte** | *Account* | ekaount |
| **Cours** | *Rate* | reïtt |
| **Devises** | *Currency* | kArennci |
| **Distributeur de billets** | *Cash dispenser* | kach dispènnseu |
| **Encaisser** | *(to) Cash* | kach |
| **Espèces** | *Cash* | kach |
| **Formulaire** | *Form* | faum |
| **Guichet** | *Counter, desk* | kaounteu, dèsk |
| **Montant** | *Sum* | sAm |
| **Paiement** | *Payment* | peïmeunt |
| **Payer** | *(to) Pay* | peï |
| **Pièces de monnaie** | *Coins* | koïnnz |
| **Reçu** | *Receipt* | rissïtt |
| **Retirer** | *(to) Draw* | drau |
| **Signature** | *Signature* | sig-netcheu |
| **Signer** | *(to) Sign* | saïnn |
| **Versement** | *Deposit* | dipozitt |
| **Virement** | *Transfer* | trannsfeu |

## Bijouterie • horlogerie

***jeweller • watchmaker***
djoueleu • wotch-meïkeu

Je voudrais voir le **bracelet** qui est en vitrine.

**I'd like to see the bracelet in the window.**
aïd laïk tou sï ze breïslitt inn ze winndO.

Avez-vous un **choix** de bagues ?

**Do you have a collection of rings?**
dou you hav e'kelèkcheunn ov rinngz?

Auriez-vous un **modèle** plus simple ?

**Do you have a simpler model?**
dou you hav e'simmpleu mod'l?

Ma **montre** ne fonctionne plus.

**My watch isn't working.**
maï wotch iz'nt weurkinn.

Pouvez-vous **remplacer** le verre ?

**Can you replace the glass?**
kann you ripleïss ze glâss?

Le **verre** est cassé.

**The glass is broken.**
ze glâss iz brOk'n.

| Vocabulaire | | |
|---|---|---|
| **Acier inoxydable** | *Stainless steel* | steïnnless stïl |
| **Aiguille (de montre)** | *Hand* | hannd |
| **Ambre véritable** | *Real amber* | rïl ammbeu |
| **Argent massif** | *Solid silver* | solid silveu |
| **– (plaqué)** | *Silver plated* | silveu pleït'd |
| **Bague** | *Ring* | rinng |
| **Boucle** | *Buckle* | bAk'l |
| **Boucles d'oreilles** | *Earrings* | ïrinngz |
| **Boutons de manchette** | *Cuff-links* | kAf-linnks |
| **Bracelet-montre** | *Wrist-watch* | rist-wotch |
| **Briquet** | *Lighter* | laïteu |
| **Broche** | *Brooch* | brOtch |
| **Cadeau** | *Present, gift* | prèz'nt, guift |
| **Carat** | *Carat* | kareutt |
| **Chaîne** | *Chain* | tcheïnn |
| **Chaînette** | *Small chain* | smaul tcheïnn |
| **Chronomètre** | *Chronometer* | krenomiteu |
| **Collier** | *Necklace* | nèkliss |
| **Couverts** | *Cutlery* | kAtleri |

| | | |
|---|---|---|
| **Épingle de cravate** | *Tie-pin* | taï-pinn |
| **Étanche** | *Waterproof* | wauteuprouf |
| **Ivoire** | *Ivory* | aïveri |
| **Médaille** | *Medal* | méd'l |
| **Montre** | *Watch* | wotch |
| **– automatique** | *Self-winding watch* | sèlf-waïnndinn wotch |
| **Or massif** | *Solid gold* | solid gOld |
| **– (plaqué)** | *Gold plated* | gOld pleït'd |
| **Pendentif** | *Pendant* | peïnndeunt |
| **Pierres précieuses** | *Gems* | djèmz |
| **– semi-précieuses** | *Semiprecious stones* | sèmi-prècheuss stOnnz |
| **Pile** | *Battery* | bateri |
| **Ressort** | *Spring* | sprinng |
| **Réveil de voyage** | *Travelling clock* | travlinn klok |
| **Verre de montre** | *Watch glass* | wotch glâss |

## Boucherie • charcuterie

***butcher • delicatessen***
boutcheu • déliketèss'n

Auriez-vous un autre **morceau** ?

**Do you have another piece?**
dou you hav enAzeu pïss?

**Plus** gros... **plus** petit.

**Larger... smaller.**
lâdjeu... smauleu.

| VOCABULAIRE | | |
|---|---|---|
| **Agneau (côte d')** | *Lamb (chop)* | lamm (tchop) |
| **Bœuf (côte de)** | *Beef (rib of)* | bïf (rib ov) |
| **– (rôti de)** | *– (joint, roast)* | – (djoïnnt, rOst) |
| **– (steak)** | *– (steak)* | – (steïk) |
| **– (steak haché)** | *– (minced)* | – (minnst) |
| **Entrecôte** | *Entrecote* | onntrekOtt |
| **Faux-filet** | *Sirloin* | seuloïnn |
| **Filet** | *Fillet* | filitt |
| **Foie** | *Liver* | liveu |
| **Gibier** | *Game* | gueïm |

| | | |
|---|---|---|
| **Gras** | *Fat* | fatt |
| **Jambon** | *Ham* | ham |
| **Lard** | *Bacon* | beïk'n |
| **Maigre** | *Lean* | lïnn |
| **Morceau** | *Piece* | pïss |
| **Mouton (épaule de)** | *Mutton (shoulder of)* | mAt'n (chOldeu ov) |
| **– (gigot de)** | *– (leg of)* | – (lèg ov) |
| **Porc (côte de)** | *Pork (chop)* | pauk (tchop) |
| **Salé** | *Salted* | sault'd |
| **Saucisse** | *Sausage* | sossidj |
| **Saucisson** | *(Cold) sausage* | (kOld) sossidj |
| **Tendre** | *Tender* | tèndeu |
| **Tranche** | *Slice* | slaïss |
| **Veau (escalope de)** | *Veal escalope* | vïl èskeulop |
| **Volailles**<br>**Canard**<br>**Dinde**<br>**Lapin**<br>**Pintade**<br>**Poulet** | *Poultry, fowl*<br>*Duck*<br>*Turkey*<br>*Rabbit*<br>*Guinea fowl*<br>*Chicken* | pOltri, fa-aul<br>dAk<br>teuki<br>rabitt<br>guini fa-aul<br>tchik'n |

## Boulangerie • pâtisserie

*baker • pastry shop*
beïkeu • peïstri chop

| Vocabulaire | | |
|---|---|---|
| **Bien cuit** | *Crisp* | krisp |
| **Biscotte** | *Rusk* | rAsk |
| **Brioche** | *Brioche* | brioch |
| **Chausson aux pommes** | *Apple turnover* | ap'l teunOveu |
| **Croissant** | *Croissant* | croissan |
| **Farine** | *Flour* | fla-au |
| **Gâteau** | *Cake* | keïk |
| **Levure** | *Yeast* | yïst |
| **Pain** | *Bread* | brèd |
| **Pâte** | *Dough* | dO |
| **Peu cuit** | *Soft* | soft |
| **Tarte** | *Tart* | tât |

## Chaussures • cordonnier

*shoes • cobbler*
chouz • kobleu

Où puis-je trouver un **cordonnier** ?

**Where can I find a cobbler?**
wair kann aï faïnnd e'kobleu?

Puis-je **essayer**... ?

**May I try...?**
meï aï traï...?

Ces chaussures sont trop **étroites**. Pouvez-vous les élargir ?

**These shoes are too narrow. Can you stretch them?**
zïz chouz ar tou narO. kann you strètch zèm?

Avez-vous un **modèle** du même genre ?

**Do you have a similar model?**
dou you hav e'simileu mod'l?

Quand seront-elles **prêtes** ?

**When will they be ready?**
wènn wil zeï bï rèdi?

Faites-vous les **réparations** rapides ?

**Do you do quick repairs?**
dou you dou Kwik ripairz?

| Vocabulaire | | |
|---|---|---|
| **Beige** | *Beige* | beïj |
| **Blanc** | *White* | waïtt |
| **Botte** | *Boot* | boutt |
| **Brun** | *Brown* | braoun |
| **Caoutchouc** | *Rubber* | rAbeu |
| **Chausse-pied** | *Shoehorn* | chouhaun |
| **Chaussures de marche** | *Walking shoes* | waulkinn chouz |

| | | |
|---|---|---|
| **– montantes** | *Boots* | boutts |
| **Cirage** | *Polish* | polich |
| **Clouer** | *(to) Nail* | neïll |
| **Coller** | *(to) Stick* | stik |
| **Cordonnier** | *Cobbler, shoemaker* | kobleu, choumeïkeu |
| **Coudre** | *(to) Stitch* | stitch |
| **Court** | *Short* | chautt |
| **Cuir véritable** | *Real leather* | rïl lèzeu |
| **Daim** | *Suede* | sweïdd |
| **Embauchoirs** | *Shoetrees* | choutrïz |
| **Étroit** | *Narrow* | narO |
| **Grand** | *Large* | lâdj |
| **Lacets** | *Laces* | leïssiz |
| **Large** | *Wide* | waïd |
| **Noir** | *Black* | blak |
| **Paire** | *Pair* | pair |
| **Petit** | *Small* | smaul |
| **Pointure** | *Size* | saïz |
| **Recoudre** | *(to) Sew up* | sO Ap |
| **Ressemelage** | *(to) Resole* | rissOl |
| **Rouge** | *Red* | rèd |
| **Sandales** | *Sandals* | sannd'lz |
| **Semelle** | *Sole* | sOl |
| **Talon** | *Heel* | hïl |
| **Tissu** | *Material* | metieurieul |
| **Toile** | *Canvas* | kannveuss |
| **Vernis** | *Varnish* | vânich |
| **Vert** | *Green* | grïnn |

## Coiffeur

***hairdresser** (femmes)* • ***barber** (hommes)*
hairdrèsseu • bâbeu

**Pouvez-vous m'indiquer un salon de coiffure ?**

**Where can I find a hairdresser?**
wair kann aï faïnnd e'hairdrèsseu?

Je voudrais une **coloration** en brun... châtain... noir... roux... une teinture au henné... une décoloration.

**I'd like a brown... chesnut... black... red... tint... a henna dye... a bleach.**
aïd laïk e'braoun... tchèssneutt... blak... rèd... tinnt... e'hèneu daï... e'blïtch.

**Combien** vous dois-je ?

**How much do I owe you?**
ha-au mAtch dou aï **O** you?

Ne **coupez** pas trop **court**.

**Don't make it too short.**
dOnnt maïk itt tou chautt.

L'**eau** est trop chaude... trop froide.

**The water's too hot... too cold.**
ze wauteuz tou hott... tou kOld.

Je ne veux pas de **gel**... ni de laque.

**I don't want any hair gel... or lacquer.**
aï dOnnt wannt èni hair djèl... or lakeu.

Avez-vous une **manucure** ?

**Do you have a manicurist?**
dou you hav e'manikiourist?

Quel est le **prix** d'une coupe... d'une mise en plis... d'une permanente ?

**How much is a hair cut... a setting... a perm?**
ha-au mAtch iz e'hair kAtt... e'sètinn... e'peum?

Je voudrais me faire **raser**.

**I'd like a shave.**
aïd laïk e'cheïv.

Je voudrais un **rendez-vous.**

> **I'd like an appointment.**
> aïd laïk eun appoïnntmeunt.

Faites-moi un **shampooing**... un brushing.

> **Give me a shampoo... a brush dry.**
> guiv mï e'chammpou... e'brAch draï.

| Vocabulaire | | |
|---|---|---|
| **Blond** | *Blond* | blonnd |
| **Boucles** | *Curls* | keulz |
| **Brosse** | *Brush* | brAch |
| **Brun** | *Brown* | braoun |
| **Brushing** | *Brush dry* | brAch draï |
| **Casque** | *Hair-dryer* | hair draïeu |
| **Châtain** | *Chesnut* | tchèssneutt |
| **Cheveux** | *Hair* | hair |
| **– gras** | *Greasy hair* | grïssi hair |
| **– raides** | *Straight hair* | streïtt hair |
| **– secs** | *Dry hair* | draï hair |
| **Chignon** | *Chignon* | chignon |
| **Ciseaux** | *Scissors* | sizeuz |
| **Clair** | *Fair, light* | fair, laïtt |
| **Coupe** | *Cut* | kAtt |
| **Couper** | *(to) Cut* | kAtt |
| **Court** | *Short* | chautt |
| **Derrière** | *Behind* | bihaïnnd |
| **Devant** | *In front* | inn frAnnt |
| **Foncé** | *Dark* | dâk |
| **Frange** | *Fringe* | frïnndj |
| **Friction** | *Friction* | frikcheunn |
| **Front** | *Forehead* | fauhèd |
| **Laque** | *Lacquer* | lakeu |
| **Long** | *Long* | lonng |
| **Manucure** *(soins)* | *Manicure* | manikiour |
| **Mèche** | *Lock* | lok |
| **Mise en plis** | *Setting* | sètinn |
| **Nacré** | *Pearly* | peuli |
| **Nuance** | *Shade* | cheïd |

| | | |
|---|---|---|
| **Nuque** | *Nape* | neïp |
| **Ondulations** | *Waves* | weïvz |
| **Oreilles** | *Ears* | ieuz |
| **Pédicure** | *Pedicure* | pėdikiour |
| **Peigne** | *Comb* | kOmm |
| **Permanente** | *Perm* | peum |
| **Perruque** | *Wig* | wig |
| **Poil** | *Hair* | hair |
| **Raie** | *Parting* | pâtinn |
| **Raser** | *(to) Shave* | cheïv |
| **Rasoir** | *Razor* | reïzeu |
| **Retouche** | *Trim* | trim |
| **Savon** | *Soap* | sOp |
| **Séchoir** | Dryer | draïeu |
| **Shampooing** | *Shampoo* | chammpou |
| **Teinture** | *Tint* | tinnt |

## Crémerie

*dairy*
(dèri)

| Vocabulaire | | |
|---|---|---|
| **Beurre doux** | *Unsalted butter* | Annsault'd bAteu |
| **– salé** | *Butter* | bAteu |
| **Bouteille** | *Bottle* | bot'l |
| **Crème** | *Cream* | krïm |
| **Frais** | *Fresh* | frèch |
| **Fromage blanc** | *Cottage cheese* | kotidj tchïz |
| **– français** | *French cheese* | frèntch tchïz |
| **– local** | *Local cheese* | lOk'l tchïz |
| **– râpé** | *Grated cheese* | greït'd tchïz |
| **Lait écrémé** | *Skimmed milk* | skimd milk |
| **– entier** | *Full fat milk* | foul fatt milk |
| **– pasteurisé** | *Pasteurized milk* | pasteuraïzd milk |
| **Litre de...** | *Two pints of...* | tou païnnt ov |
| **Œufs** | *Eggs* | ègz |
| **– (douzaine d')** | *A dozen eggs* | e'dAz'n ègz |
| **Yaourt** | *Yoghourt* | yOgueutt |

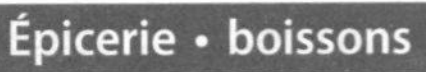

## Épicerie • boissons

*groceries • drinks*
grOsseriz • drinnks

| Vocabulaire | | |
|---|---|---|
| **Apéritif** | *Aperitif* | epèritiv |
| **Biscotte** | *Rusk* | rAsk |
| **Biscuit** | *Biscuit* | biskitt |
| **Boîte de...** | *Tin (US: Can)* of... | tinn (kann) ov... |
| **– de carottes** | *– carrots* | – kareuts |
| **– de haricots verts** | *– green beans, French beans* | – grïnn bïnnz, frèntch bïnnz |
| **– de petits pois** | *– peas* | – pïz |
| **Bouchon** | *Cork* | kauk |
| **Bouteille** | *Bottle* | bot'l |
| **Café** | *Coffee* | kofi |
| **Carton** | *Carton* | kât'n |
| **Chocolat en poudre** | *Drinking chocolate* | drinnkinn tchoklitt |
| **– en tablette** | *Tablet of chocolate* | tablitt ov tchoklitt |
| **Confiture** | *Jam* | djam |
| **Eau minérale gazeuse** | *Sparkling mineral water* | spâklinn minereul wauteu |
| **– plate** | *Mineral water* | minereul wauteu |
| **Eau-de-vie** | *Brandy* | branndi |
| **Épices** | *Spices* | spaïssiz |
| **Jus de fruits** | *Fruit juice* | froutt djouss |
| **Lait en boîte** | *Tin milk* | tinn milk |
| **– en poudre** | *Powdered milk* | paouded milk |
| **Limonade** | *Lemonade* | lèmeneïd |
| **Miel** | *Honey* | hAni |
| **Moutarde** | *Mustard* | mAsteud |
| **Pâtes** | *Pasta* | pasteu |
| **Poivre** | *Pepper* | pèpeu |
| **Potage** | *Soup* | soup |
| **Riz** | *Rice* | raïss |
| **Sac** | *Bag* | bag |
| **Sachet** | *Sachet* | sacheï |
| **Sel** | *Salt* | sault |
| **Sucre en morceaux** | *Lump sugar* | lAmmp chougueu |

| – semoule | *Caster sugar* | kasteu chougueu |
|---|---|---|
| **Thé noir** | *Black tea* | blak tï |
| – vert | *Green tea* | grïnn tï |
| **Vin blanc** | *White wine* | waïtt waïnn |
| – rouge | *Red wine* | rèd waïnn |
| **Vinaigre** | *Vinegar* | vinigueu |

## Fleuriste

***florist***
florist

**Où puis-je trouver un fleuriste** ?
**Where can I find a florist?**
wair kann aï faïnnd e'florist?

Faites-moi un **bouquet** de fleurs de saison.
**I'd like a bunch of seasonal flowers.**
aïd laïk e'bAnnch ov sizeun'l flaoeuz.

Pouvez-vous les **envoyer** à l'adresse suivante ?
**Can you send them to the following address?**
kann you sènd zèm tou ze folOwinn edrèss?

Avez-vous des **fleurs** meilleur marché ?
**Do you have cheaper flowers?**
dou you hav tchïpeu flaoeuz?

**Raccourcissez** les tiges, s'il vous plaît.
**Please cut the stems.**
plïz kAtt ze stèmz.

| Vocabulaire | | |
|---|---|---|
| **Bouquet** | *Bunch* | bAnnch |
| **Corbeille de fleurs** | *Basket of flowers* | bâskitt ov flaoeuz |
| **Demi-douzaine** | *Half a dozen* | hâf e'dAz'n |
| **Douzaine** | *Dozen* | dAz'n |

| | | |
|---|---|---|
| **Feuillage** | *Greenery* | grïneri |
| **Feuille** | *Leaf* | lïf |
| **Fleur** | *Flower* | flaoeu |
| **Gerbe** | *Wreath* | rït'h |
| **Mélange (de fleurs)** | *Mixed bunch* | mixt bAnnch |
| **Plante verte** | *Plant* | plannt |
| **Quelques fleurs** | *Some flowers* | sAm flaoeuz |
| **Tige** | *Stem* | stèm |
| **Vase** | *Vase* | vâz |

## Fruits et légumes

*fruit and vegetables*
(froutt annd vèdjelèb'lz)

| Vocabulaire | | |
|---|---|---|
| **Abricot** | *Apricot* | eïprikott |
| **Ail** | *Garlic* | gâlik |
| **Ananas** | *Pineapple* | païnap'l |
| **Artichaut** | *Artichoke* | âtitchOk |
| **Asperge** | *Asparagus* | euspareugueuss |
| **Aubergine** | *Eggplant* | èg-plannt |
| **Avocat** | *Avocado* | avekâdO |
| **Banane** | *Banana* | benâneu |
| **Betterave** | *Beetroot* | bïtroutt |
| **Botte de...** | *Bunch of...* | bAnnch ov |
| **Carotte** | *Carrot* | kareutt |
| **Cerise** | *Cherry* | tchèri |
| **Champignon** | *Mushroom* | mAchroum |
| **Chicorée** | *Chicory* | tchikeri |
| **Chou** | *Cabbage* | kabidj |
| **Chou-fleur** | *Cauliflower* | koliflaweu |
| **Choux de Bruxelles** | *Brussels sprouts* | brAss'lz spraoutts |
| **Citron** | *Lemon* | lèm'n |
| **Concombre** | *Cucumber* | kioukAmmbeu |
| **Courgette** | *Courgette* | kourgètt |
| **Endive** | *Endive* | èndaïv |
| **Épinard** | *Spinach* | spinidj |
| **Figue** | *Fig* | fig |

| | | |
|---|---|---|
| **Fines herbes** | *Herbs* | heurbz |
| **Frais** | *Fresh* | frèch |
| **Fraise** | *Strawberry* | strauberi |
| **Framboise** | *Raspberry* | râzberi |
| **Haricots en grains** | *Beans* | bïnnz |
| **– verts** | *French beans* | frèntch bïnnz |
| **Laitue** | *Lettuce* | lètiss |
| **Lentilles** | *Lentils* | lènt'lz |
| **Mandarine** | *Tangerine* | tanndjeurïnn |
| **Melon** | *Melon* | mèl'n |
| **Mûre** | *Blackberry* | blakberi |
| **Myrtille** | *Bilberry* | bilberi |
| **Navet** | *Turnip* | teunip |
| **Noix** | *Walnuts* | waulnAtts |
| **Oignon** | *Onion* | Anieunn |
| **Orange** | *Orange* | orinndj |
| **Pamplemousse** | *Grapefruit* | greïpfroutt |
| **Pêche** | *Peach* | pïtch |
| **Persil** | *Parsley* | pâsli |
| **Petits pois** | *Peas* | pïz |
| **Poireau** | *Leek* | lïk |
| **Poivron** | *Pepper* | pèpeu |
| **Pomme** | *Apple* | ap'l |
| **Pomme de terre** | *Potato* | peteïtO |
| **Prune** | *Plum* | plAmm |
| **Radis** | *Radish* | radich |
| **Raisin** | *Grape* | greïp |
| **Salade** | *Salad* | salad |
| **Tomate** | *Tomato* | temâtO |

## Habillement

*clothing*
klOzinn

**Où peut-on trouver un magasin de prêt-à-porter ?**

**Where can I find a ready-to-wear shop?**
wair kann aï faïnnd e'rèdi tou wair chop?

Je voudrais un **costume** coupé suivant ce modèle... dans ce tissu.

**I want a suit cut according to this model... in this material.**
aï wannt e'soutt kAtt ekaudinn tou ziss mod'l... inn ziss metieurieul.

Puis-je **essayer**... **échanger** ?

**May I try... exchange?**
meï aï traï... ixtcheïndj?

Cette chemise est **étroite**.

**This shirt is narrow.**
ziss cheurt iz narO.

Prenez mes **mesures**, s'il vous plaît.

**Can you take my measurements, please.**
kann you teïk maï mèjeumeuntss, plïz.

**Moins** cher... **plus** grand... **plus** petit.

**Cheaper... larger... smaller.**
tchïpeu... lâdjeu... smauleu.

Quel type de **nettoyage** conseillez-vous ?

**What sort of cleaning do you advise?**
watt sautt ov klïninn dou you edvaïss?

Il faudrait **raccourcir** les manches.

**The sleeves will have to be shortened.**
ze slïvz will hav tou bï chautt'nd.

Ce pantalon ne **tombe** pas bien.

**These trousers don't hang well.**
zïz traouzeuz dOnnt hanng wèl.

| Vocabulaire | | |
|---|---|---|
| **Bas** | *Stocking* | stokinn |
| **Beige** | *Beige* | beïj |
| **Blanc** | *White* | waïtt |
| **Bleu ciel** | *Sky blue* | skaï blou |
| **Bleu marine** | *Navy blue* | neïvi blou |
| **Blouson** | *Blazer, jacket* | bleïzeu, djakitt |
| **Bouton** | *Button* | bAt'n |
| **Bretelles** | *Braces, straps* | breïssiz, straps |
| **Caleçon** | *Underpants* | Anndeupannts |
| **Casquette** | *Cap* | kap |
| **Ceinture** | *Belt* | bèlt |
| **Centimètre** | *Centimetre* | sèntimïteu |
| **Chapeau** | *Hat* | hatt |
| **Chaussettes** | *Socks* | soks |
| **Chemise** | *Shirt* | cheurt |
| **Chemisier** | *Blouse* | blaouz |
| **Clair** | *Pale* | peïl |
| **Col** | *Collar* | koleu |
| **Collant** | *Tights* | taïtts |
| **Costume** | *Suit* | soutt |
| **Coton** | *Cotton* | kot'n |
| **Couleur** | *Colour* | kAleu |
| **Couper** | *(to) Cut* | kAtt |
| **Court** | *Short* | chautt |
| **Cravate** | *Tie* | taï |
| **Cuir** | *Leather* | lèzeu |
| **– (manteau de)** | *Leather coat* | lèzeu kOtt |
| **Doublure** | *Lining* | laïninn |
| **Écharpe** | *Scarf* | skâf |
| **Emmanchures** | *Armholes* | âmhOlz |
| **Épingle** | *Pin* | pïnn |
| **– de sûreté** | *Safety pin* | seïfti pïnn |
| **Essayer** | *(to) Try* | traï |
| **Étroit** | *Narrow* | narO |
| **Facile à entretenir** | *Easy to clean* | ïzi tou klïnn |
| **Fait main** | *Hand made* | hannd meïd |
| **Fermeture à glissière** | *Zip* | zip |
| **Feutre** | *Felt* | fèlt |
| **Fil à coudre** | *Sewing thread* | sOinn t'hrèd |

| | | |
|---|---|---|
| **Foncé** | *Dark* | dâk |
| **Foulard** | *Scarf* | skâf |
| **Gants** | *Gloves* | glAvz |
| **Garantie** | *Guarantee* | gareuntï |
| **Grand** | *Large* | lâdj |
| **– teint** | *Colour fast* | kAleu fâst |
| **Gris** | *Grey* | greï |
| **Habit** | *Costume* | kostioum |
| **Imperméable** | *Raincoat* | reïnnkOtt |
| **Jaune** | *Yellow* | yèlo |
| **Jupe** | *Skirt* | skeutt |
| **Laine** | *Wool* | woul |
| **Lavable en machine** | *Machine washable* | mechïnn wocheb'l |
| **Lavage à la main** | *Hand wash* | hannd woch |
| **Léger** | *Light* | laïtt |
| **Long** | *Long* | lonng |
| **Lourd** | *Heavy* | hèvi |
| **Maillot de bain** | *Swimming suit* | swiminn soutt |
| **Manche** | *Sleeve* | slïv |
| **Manteau** | *Coat* | kOtt |
| **Mouchoir** | *Handkerchief* | hannkeutchif |
| **Nettoyer** | *(to) Clean* | klïnn |
| **Noir** | *Black* | blak |
| **Pantalon** | *Trousers* | traouzeuz |
| **Parapluie** | *Umbrella* | Ammbrèleu |
| **Poche** | *Pocket* | pokitt |
| **Prêt-à-porter** | *Ready-to-wear* | rèdi tou wair |
| **Pull-over** | *Sweater* | swèteu |
| **Pyjama** | *Pyjama* | pidjâmeu |
| **Qualité** | *Quality* | kwoliti |
| **Rayé** | *Striped* | straïpt |
| **Repassage** | *Ironing* | aïeuninn |
| **Rétrécir** | *(to) Shrink* | chrinnk |
| **Robe** | *Gown* | gaounn |
| **– du soir** | *Evening gown* | ïvninn gaounn |
| **Rose** | *Pink* | pinnk |
| **Rouge** | *Red* | rèd |
| **Short** | *Short* | shautt |
| **Slip** | *Briefs* | brïfs |
| **Soie** | *Silk* | silk |
| **Sous-vêtements** | *Underclothes* | AnndeuklOz |

| | | |
|---|---|---|
| **Soutien-gorge** | *Bra(ssière)* | brassieu |
| **Taille** | *Size* | saïz |
| **Teinte** | *Dye* | daï |
| **Tissu à carreaux** | *Checked material* | tchèkt metieurieul |
| **– imprimé** | *Patterned –* | pateund |
| **– à pois** | *Polka dot –* | polkeu dott |
| **– à rayures** | *Striped –* | straïpt |
| **– uni** | *Plain –* | pleïnn |
| **Toile** | *Canvas* | kannveuss |
| **Velours** | *Velvet* | vèlvitt |
| **Vert** | *Green* | grïnn |
| **Veste** | *Jacket* | djakitt |

## Opticien

*optician*
opticheunn

**S'il vous plaît, pouvez-vous m'indiquer un opticien ?**

**Excuse me, where can I find an optician?**
ixkiouz mï, wair kann aï faïnnd eun opticheunn?

J'ai perdu mes **lentilles de contact.**

**I've lost my contact lenses.**
aïv lost maï konntakt lènziz.

J'ai cassé mes **lunettes**. Pouvez-vous les remplacer ?

**I've broken my glasses. Can you replace them?**
aïv brOk'n maï glâssiz. kann you ripleïss zèm?

Je voudrais des **lunettes de soleil**... des lunettes anti-reflets.

**I'd like some sunglasses... some anti-glare glasses.**
aïd laïk sAm sAnn-glâssiz... sAm annti-glair glâssiz.

Pouvez-vous **remplacer** ces verres ?... les branches ?

**Can you replace these lenses... the sides of the frame?**
kann you ripleïss ziz lènzizs... ze saïdz ov ze freïm?

Je porte des **verres** teintés.

**I wear tinted glasses.**
aï wair tinntid glâssiz.

| Vocabulaire | | |
|---|---|---|
| **Astigmate** | *Astigmatic* | astigmatik |
| **Branche** | *Side (of the frame)* | saïd (ov ze freïm) |
| **Étui** | *Case* | keïss |
| **Hypermétrope** | *Hypermetropic* | haïpeumètropik |
| **Jumelles** | *Binoculars* | binokiouleuz |
| **Lentilles de contact** | *Contact lenses* | konntakt lènziz |
| **Liquide pour lentilles de contact** | *Liquid for contact lenses* | likwid fau konntakt lènziz |
| **Longue-vue** | *Field glasses* | fïld glâssiz |
| **Loupe** | *Magnifying glass* | mag-nifaïnn glâss |
| **Lunettes** | *Glasses* | glâssiz |
| **– de soleil** | *Sunglasses* | sAnn-glâssiz |
| **Myope** | *Short-sighted* | chautt saïtid |
| **Presbyte** | *Long-sighted* | lonng saïtid |
| **Verre(s)** | *Glass (glasses)* | glâss (glâssiz) |
| **– teinté(s)** | *Tinted lenses* | tinntid lènziz |

## Papeterie • librairie

*stationery • bookshop*
steïcheuneri • boukchop

Vendez-vous des livres en **français** ?

**Do you sell any books in French?**
dou you sèl èni bouks inn frèntch?

Je voudrais un **guide touristique** de la région.

> **I'd like a guidebook of the area.**
> aïd laïk e'gaïdbouk ov zi èria.

Existe-t-il une **histoire de la région** en français ?

> **Do you have a history book of the area in French?**
> dou you hav e'histeri bouk ov zi èria inn frèntch?

Recevez-vous les **journaux** français ?

> **Do you receive French newspapers?**
> dou you rissïv frèntch niouspeïpeuz?

Faites-vous des **photocopies** ?

> **Do you do photocopies?**
> dou you dou fotokopïz?

| Vocabulaire | | |
|---|---|---|
| **Agenda** | *Diary* | daïeri |
| **Agrafe** | *Staple* | steïp'l |
| **Agrafeuse** | *Stapler* | steïpleu |
| **Bloc-notes** | *Notepad* | nOtt pad |
| **Boîte de couleurs** | *Paintbox* | peïnnt-box |
| **Bouteille d'encre** | *Bottle of ink* | bot'l ov ïnnk |
| **Brochure** | *Brochure* | brOchiour |
| **Cahier** | *Textbook* | tèxtbouk |
| **Calculatrice** | *Calculator* | kalkiouleïteu |
| **Calendrier** | *Calendar* | kalenndeu |
| **Carnet** | *Notebook* | nOttbouk |
| **– d'adresses** | *Address book* | edrèss bouk |
| **Carte géographique** | *Geographical map* | djiografikeul map |
| **– routière** | *Roadmap* | rOdmap |
| **– touristique** | *Touring map* | tourrinn map |
| **Cartes à jouer** | *Playing cards* | pleïnn kâdz |
| **– postales** | *Postcards* | pOst kâdz |
| **Ciseaux** | *Scissors* | sizeuz |
| **Colle** | *Glue* | glou |
| **Crayon noir** | *Lead pencil* | lèd pèns'l |
| **Crayons de couleurs** | *Coloured pencils* | kAleud pèns'lz |

| | | |
|---|---|---|
| **Dictionnaire de poche** | *Pocket dictionary* | pokitt dikcheunnri |
| **Édition** | *Issue* | ichou |
| **Élastiques** | *Elastic bands* | ilastik bandz |
| **Encre** | *Ink* | innk |
| **Enveloppe** | *Envelope* | ènvelOp |
| **Étiquettes** | *Labels* | leïb'lz |
| **– adhésives** | *Self-sticking labels* | sèlf-stikinn leïb'lz |
| **Exemplaire** | *Copy* | kopi |
| **Feuille** | *Sheet* | chïtt |
| **Ficelle** | *String* | strinng |
| **Format** | *Format* | faumatt |
| **Gomme** | *Rubber*<br>*(US: Eraser)* | rAbeu<br>ireïzeu |
| **Grammaire** | *Grammar* | grameu |
| **Guide touristique** | *Guidebook* | gaïdbouk |
| **– en français** | *French guidebook* | frèntch gaïdbouk |
| **Hebdomadaire** | *Weekly* | wïkli |
| **Journal français** | *French newspaper* | frèntch niouspeïpeu |
| **– local** | *Local newspaper* | lOkeul niouspeïpeu |
| **Livre d'art** | *Art book* | âtt bouk |
| **– de poche** | *Paperback* | peïpeubak |
| **– pour enfants** | *Children's book* | tchildreunns bouk |
| **Papier** | *Paper* | peïpeu |
| **– cadeau** | *Gift paper* | guift peïpeu |
| **– collant** | *Sticking paper* | stikinn peïpeu |
| **– d'emballage** | *Wrapping paper* | rapinn peïpeu |
| **– à lettres** | *Writing paper* | raïtinn peïpeu |
| **– machine** | *Typewriting paper* | taïp-raïtinn peïpeu |
| **Pile** | *Battery* | bateri |
| **Pinceau** | *Paint brush* | peïnnt brAch |
| **Plan de la ville** | *Map of the town* | map ov ze taoun |
| **Plume** | *Nib* | nib |
| **Recharge** | *Refill* | rïfil |
| **Règle** | *Ruler* | rouleu |
| **Revue** | *Magazine* | maguezïnn |
| **Roman** | *Novel* | noveul |
| **Stylo-bille** | *Ball-point* | baul-poïnnt |
| **– -feutre** | *Felt-tip* | fèlt-tip |
| **– plume** | *Fountain pen* | faountinn pènn |
| **Taille-crayon** | *Pencil sharpener* | pèns'l châpneu |

## Parfumerie • hygiène

*chemist • hygiene*
kèmist • haïdjïnn

Je cherche une **brosse** plus souple.

**I'm looking for a softer brush.**
aïm loukinn fau e'softeu brAch.

Puis-je **essayer** ce vernis à ongles ?

**May I try this nail varnish?**
meï aï traï ziss neïll vânich?

J'aimerais un parfum plus **léger**... plus poivré.

**I'd like a lighter... a more pungent perfume.**
aïd laïk e'laïteu... e'mau pAnndjeunt peufioum.

Pourrais-je **sentir** ce parfum ?

**May I smell this perfume?**
meï aï smèl ziss peufioum?

| Vocabulaire | | |
|---|---|---|
| **Blaireau** | *Shaving brush* | cheïvinn brAch |
| **Brosse à cheveux** | *Hairbrush* | hairbrAch |
| **– à dents** | *Toothbrush* | tout'h-brAch |
| **– à ongles** | *Nailbrush* | neïlbrAch |
| **Coton hydrophile** | *Cotton wool* | kot'n woul |
| **Cotons-tiges** | *Cotton wool tips* | kot'n woul tips |
| **Couleur** | *Colour* | kAleu |
| **Crayon pour les yeux** | *Eyeliner pencil* | aïlaïneu pèns'l |
| **Crème hydratante** | *Moisturizing cream* | moïstcheu-raïzinn krïm |
| **– de jour** | *Day cream* | deï krïm |
| **– de nuit** | *Night cream* | naïtt krïm |
| **– pour les mains** | *Hand cream* | hannd krïm |
| **– à raser** | *Shaving cream* | cheïvinn krïm |
| **– solaire** | *Suntan cream* | sAnntann krïm |

| | | |
|---|---|---|
| **Démaquiller** | *(to) Remove make-up* | rimouv meïkAp |
| **Dentifrice** | *Toothpaste* | tout'h-peïst |
| **Déodorant** | *Deodorant* | diOdereunt |
| **Dissolvant** | *Varnish remover* | vânich rimouveu |
| **Eau de Cologne** | *Eau de Cologne* | O de keulOnn |
| **– de toilette** | *Toilet water* | toïlitt wauteu |
| **Épingle de sûreté** | *Safety pin* | seïfti pinn |
| **– à cheveux** | *Hair pin* | hair pinn |
| **Éponge** | *Sponge* | spAnndj |
| **Flacon** | *Flask, bottle* | flask, bot'l |
| **Foncé** | *Dark* | dâk |
| **Fond de teint** | *Foundation* | faoundeïcheunn |
| **Gel** | *Gel* | djèl |
| **Huile solaire** | *Suntan oil* | sAnntann oïll |
| **Incolore** | *Colourless* | kAleuliss |
| **Inodore** | *Odourless* | Odeuliss |
| **Lait démaquillant** | *Cleansing milk* | klènzinn milk |
| **Lames de rasoir** | *Razor blades* | reïzeu bleïdz |
| **Laque** | *Lacquer* | lakeu |
| **Lime à ongles** | *Nailfile* | neïlfaïll |
| **Lotion** | *Lotion* | lOcheunn |
| **Maquiller** | *(to) Make-up* | meïkAp |
| **Mascara** | *Mascara* | maskâreu |
| **Masque** | *Mask* | mâsk |
| **Mouchoirs en papier** | *Paper handkerchiefs* | peïpeu hannkeutchifs |
| **Papier hygiénique** | *Toilet paper* | toïlitt peïpeu |
| **Parfum** | *Perfume* | peufioum |
| **Peau grasse** | *Greasy skin* | grïssi skinn |
| **– sèche** | *Dry skin* | draï skinn |
| **– sensible** | *Sensitive skin* | sènsitiv skinn |
| **Peigne** | *Comb* | kOmm |
| **Pinceau** | *Eyeliner brush* | aïlaïneu brAch |
| **Pince à épiler** | *Tweezers* | twïzeuz |
| **Pommade pour les lèvres** | *Lip balm* | lip bâm |
| **Poudre** | *Powder* | paoudeu |
| **Poudrier** | *Powder case* | paoudeu keïss |
| **Rasoir** | *Razor* | reïzeu |
| **Rouge à lèvres** | *Lipstick* | lipstik |
| **Savon** | *Soap* | sOp |

| **Sec** | *Dry* | draï |
|---|---|---|
| **Serviettes hygiéniques** | *Sanitary towels* | saniteri taoeulz |
| **Shampooing** | *Shampoo* | chammpou |
| **Talc** | *Talcum powder* | talkeum paoudeu |
| **Tampons** | *Tampons* | tammpeunz |
| **Teinte** | *Tint* | tinnt |
| **Trousse de toilette** | *Toilet bag* | toïlitt bag |
| **Tube** | *Tube* | tioub |
| **Vaporisateur** | *Atomizer* | atemaïzeu |
| **Vernis à ongles** | *Nail varnish* | neïll vânich |

## Photographie

***photography***
fetogrefi

**S'il vous plaît, pouvez-vous m'indiquer un magasin de photos ?**

**Excuse me, can you tell me where there's a photographic shop?**
ixkiouz mï kann you tèl mï wair zairz e'fOtegrafik chop?

Pouvez-vous me donner le **certificat d'origine** ?

**Can you give me the certificate of origin?**
kann you guiv mï ze seutifikeutt ov oridjinn?

En combien de temps pouvez-vous **développer** ce film ?

**How long will it take to develop this film?**
ha-au lonng will itt teïk tou diveïleup ziss film?

Quels sont les **droits de douane** à payer ?

> **How much customs tax must I pay?**
> ha-au mAtch kAstemz tax mAst aï peï?

J'ai des **ennuis** avec...

> **I'm having some trouble with...**
> aïm havinn sAm trAb'l wiz...

La cellule ne **fonctionne** pas.

> **The cell isn't working.**
> ze sèl iz'nt weurkinn.

L'appareil est **tombé**.

> **The camera was dropped.**
> ze kamereu waz drop't.

| Vocabulaire | | |
|---|---|---|
| **Agrandissement** | *Enlargement* | innlâdjmeunt |
| **Ampoules de flash** | *Flash bulbs* | flach bAlbz |
| **Appareil photo** | *Camera* | kamereu |
| **Appareil photo jetable** | *Disposable camera* | dispozeïbl kamereu |
| **Bague de réglage** | *Adjusting ring* | edjAstinn rinng |
| **Bobine** | *Roll of film* | rOl ov film |
| **Boîtier** | *Camera case* | kamereu keïss |
| **Brillant** | *Glossy* | glossi |
| **Caméscope** | *Camcorder* | kammkaudeu |
| **Capuchon** | *Lens cover* | lènz kAveu |
| **Carte mémoire** | *Memory card* | mèmori kâd |
| **Cartouche** | *Cartridge* | kartridj |
| **Cellule** | *Cell* | sèl |
| **Clair** | *Light* | laïtt |
| **Compteur** | *Meter, counter* | mïteu, kaounteu |
| **Contrasté** | *Contrasted* | keuntrastid |
| **Déclencheur** | *Shutter-release* | chAteu rilïss |
| **Développement** | *Processing* | prOssèssinn |
| **Diaphragme** | *Diaphragm* | daïeufram |
| **Diapositive** | *Slide* | slaïd |
| **Dos de l'appareil** | *Back of the camera* | bak ov ze kamereu |
| **Épreuve** | *Print* | prinnt |

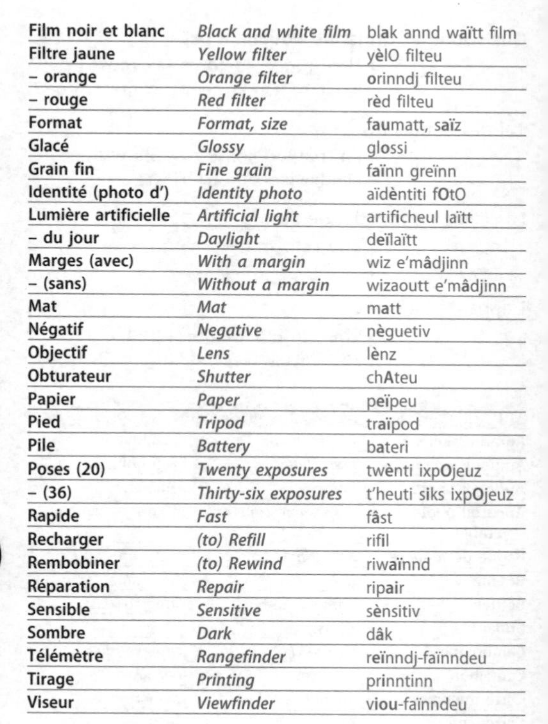

| | | |
|---|---|---|
| **Film noir et blanc** | *Black and white film* | blak annd waïtt film |
| **Filtre jaune** | *Yellow filter* | yèlO filteu |
| **– orange** | *Orange filter* | orinndj filteu |
| **– rouge** | *Red filter* | rèd filteu |
| **Format** | *Format, size* | faumatt, saïz |
| **Glacé** | *Glossy* | glossi |
| **Grain fin** | *Fine grain* | faïnn greïnn |
| **Identité (photo d')** | *Identity photo* | aïdèntiti fOtO |
| **Lumière artificielle** | *Artificial light* | artificheul laïtt |
| **– du jour** | *Daylight* | deïlaïtt |
| **Marges (avec)** | *With a margin* | wiz e'mâdjinn |
| **– (sans)** | *Without a margin* | wizaoutt e'mâdjinn |
| **Mat** | *Mat* | matt |
| **Négatif** | *Negative* | nèguetiv |
| **Objectif** | *Lens* | lènz |
| **Obturateur** | *Shutter* | chAteu |
| **Papier** | *Paper* | peïpeu |
| **Pied** | *Tripod* | traïpod |
| **Pile** | *Battery* | bateri |
| **Poses (20)** | *Twenty exposures* | twènti ixpOjeuz |
| **– (36)** | *Thirty-six exposures* | t'heuti siks ixpOjeuz |
| **Rapide** | *Fast* | fâst |
| **Recharger** | *(to) Refill* | rifil |
| **Rembobiner** | *(to) Rewind* | riwaïnnd |
| **Réparation** | *Repair* | ripair |
| **Sensible** | *Sensitive* | sènsitiv |
| **Sombre** | *Dark* | dâk |
| **Télémètre** | *Rangefinder* | reïnndj-faïnndeu |
| **Tirage** | *Printing* | prinntinn |
| **Viseur** | *Viewfinder* | viou-faïnndeu |

## Poissonnerie

*fishmonger*
fichmAnngueu

| Vocabulaire | | |
|---|---|---|
| **Anchois** | *Anchovy* | anntchevi |
| **Anguille** | *Eel* | ïl |
| **Bar** | *Bass* | bass |
| **Brochet** | *Pike* | païk |
| **Cabillaud** | *Cod* | kod |
| **Calmar** | *Squid* | skwid |
| **Carpe** | *Carp* | kâp |
| **Colin** | *Hake* | heïk |
| **Congre** | *Conger-eel* | konngueu-ïl |
| **Coquilles Saint-Jacques** | *Scallops* | skoleups |
| **Crabe** | *Crab* | krab |
| **Crevette** | *Shrimp* | ch'rimmp |
| **Crustacés** | *Shellfish* | chèlfich |
| **Daurade** | *Bream* | brïm |
| **Écrevisse** | *Crayfish* | kreïfich |
| **Filet** | *Fillet* | filitt |
| **Fumé** | *Smoked* | smOkt |
| **Hareng** | *Herring* | hèrinng |
| **Homard** | *Lobster* | lobsteu |
| **Huîtres** | *Oysters* | oïsteuz |
| **Langouste** | *Crayfish* | kreïfich |
| **Maquereau** | *Mackerel* | makreul |
| **Mariné** | *Pickled, soused* | pik'ld, saousst |
| **Merlan** | *Whiting* | waïtinn |
| **Morue** | *Salt cod* | sault kod |
| **Moules** | *Mussels* | mAss'lz |
| **Perche** | *Perch, bass* | peutch, bass |
| **Poisson** | *Fish* | fich |
| **Sardine** | *Sardine* | sâdïnn |
| **Saumon** | *Salmon* | sameun |
| **Sole** | *Sole* | sOl |
| **Thon** | *Tunny (tuna) fish* | tAni (tiouneu) fich |
| **Tranche de...** | *Slice of...* | slaïss ov... |

| | | |
|---|---|---|
| **Truite** | *Trout* | traoutt |
| **Turbot** | *Turbot* | teubeutt |

## Poste • téléphone • Internet

***post office • telephone • Internet***
pOst ofiss • télifOnn • innteurnèt

Où est le **bureau de poste... la boîte aux lettres...** la **cabine téléphonique** ?

**Where's the post office... the letter (*US: mail*) box... the telephone box?**
wair iz ze pOst ofiss... ze lèteu (meïll) box... ze télifOnn box?

Quelles sont les heures d'**ouverture** de la poste ?

**At what time is the Post Office open?**
att watt taïm iz ze pOst ofiss Op'n?

Quand **arrivera** cette lettre ?

**When will this letter arrive?**
wènn wil ziss lèteu eraïv?

Avez-vous du **courrier** pour moi ?

**Do you have any mail for me?**
dou you hav èni meïll fau mï?

Combien vous **dois**-je ?

**How much do I owe you?**
ha-au mAtch dou aï **O** you?

À quel **guichet** vend-on des **timbres...** des timbres de collection ?

**At which counter can I buy some stamps... some collector's stamps?**
att witch kaounteu kann aï baï sAm stammps... sAm kelèkteuss stammps?

À quel guichet puis-je toucher un **mandat** ?

> **At which counter can I cash a money order?**
> att witch kaounteu kann aï kach e'mAni audeu?

Pouvez-vous me faire de la **monnaie** ?

> **Can you give me some change?**
> kann you guiv mï sAm tcheïndj?

Je désire envoyer un **paquet** par avion... par exprès... en recommandé.

> **I want to send a parcel by air mail... express... registered.**
> aï wannt tou sènd e'pâs'l baï air meïll... ixprèss... rèdjisteud.

La lettre **partira**-t-elle aujourd'hui ?

> **Will the letter be sent today?**
> wil ze lèteu bï sènt toudeï?

Allô ! Je voudrais **parler** à...

> **Hello! I'd like to speak to...**
> heulO aïd laïk tou spïk tou...

Je voudrais **téléphoner** en P.C.V... avec préavis.

> **I'd like to call reversed charge (*US: collect*)... personal call (*US: person to person*).**
> aïd laïk tou kaul riveust tchâdj (kelèkt)... peusn'l kaul (peus'n tou peus'n).

Je voudrais me **connecter** à Internet.

> **I'd like to connect to the Internet.**
> aïd laïk tou kenèkt tou zi innteurnèt.

| Vocabulaire | | |
|---|---|---|
| **Abonné** | *Subscriber* | sAbskraïbeu |
| **Adresse** | *Address* | edrèss |
| **Adresse e-mail** | *e-mail address* | ï-meill edrèss |
| **Aérogramme** | *Air mail form* | air meïll faum |
| **ALLÔ !** | *HELLO!* | heulO |
| **Annuaire** | *Telephone directory* | tèlifOnn dirèkteri |
| **Appareil** | *Telephone* | tèlifOnn |
| **Appel** | *Call* | kaul |
| **Arobase** | *At* | att |
| **Attendre** | *(to) Wait* | weïtt |
| **Boîte aux lettres** | *Letter box* (US: *Mailbox*) | lèteu box meïlbox |
| **Carte postale** | *Postcard* | pOstkâd |
| **Colis** | *Parcel* | pâs'l |
| **Communication** | *Communication* | kemiounikeïcheunn |
| **Coupez pas (ne)** | *Hold on* | hOld onn |
| **Courrier** | *Post* (US: *Mail*) | pOst meïll |
| **Courrier électronique** | *Electronic mail* | ilektronik meïll |
| **Cybercafé** | *Internet café* | innteurnèt kafé |
| **Demander** | *(to) Ask* | ask |
| **Distribution** | *Delivery* | diliveri |
| **Entendre** | *(to) Hear* | hieu |
| **Envoi** | *Send* | sènd |
| **Envoyer** | *(to) Send* | sènd |
| **Expédier** | *(to) Post* (US: *Mail*) | pOst meïll |
| **Expéditeur** | *Sender* | sèndeu |
| **Exprès** | *Express* | ixprèss |
| **Facteur** | *Postman* | pOstmann |
| **Faux numéro** | *Wrong number* | ronng nAmmbeu |
| **Fax** | *Fax* | fax |
| **Formulaire** | *Form* | faum |
| **Guichet** | *Counter* | kaounteu |
| **Informations** | *Information* | innfeumeïcheunn |
| **Jeton** | *Token* | tOk'n |
| **Lettre** | *Letter* | lèteu |
| **Levée** | *Collection* | kelèkcheunn |
| **Ligne** | *Line* | laïnn |
| **Mandat** | *Money order* | mAni audeu |

| | | |
|---|---|---|
| **Message** | *Message* | mèssidj |
| **Monnaie** | *Change* | tcheïndj |
| **Mot de passe** | *Password* | pâssweud |
| **Numéro** | *Number* | nAmmbeu |
| **Paquets** | *Parcels* | pâs'lz |
| **Par avion** | *Air mail* | air meïll |
| **Partage de fichiers** | *Sharefile* | sheïrfaïl |
| **P.C.V.** | *Reversed charge call (US: Collect call)* | riveusd tchâdj kaul kelèkt kaul |
| **Poste restante** | *Poste restante, General delivery* | pOst rèstantt djènereul diliveri |
| **Rappeler** | *(to) Call back* | kaul bak |
| **Réception** | *Receive* | rissïv |
| **Recevoir** | *(to) Receive* | rissïv |
| **Recommandé** | *Registered mail* | rèdjisteud meïll |
| **Répondeur** | *Answering machine* | Anns'rinn machïnn |
| **Réseau** | *Network* | nètweuk |
| **Tarif** | *Cost, tariff* | kost, tarif |
| **Taxe** | *Tax* | tax |
| **Télégrammes** | *Telegrams* | tèligramz |
| **Téléphone** | *Telephone* | tèlifOnn |
| **Téléphone portable** | *Mobile phone* | mobaïl fOnn |
| **Timbres** | *Stamps* | stammps |
| **Timbres de collection** | *Collector's stamps* | kelèkteuss stammps |
| **Urgent** | *Urgent* | eudjeunt |
| **Valeur déclarée** | *Value declared* | valiou diklaird |

## Souvenirs

*souvenirs*
souvenieuz

Où y a-t-il une **boutique d'artisanat** ?

**Where can I find an Arts and Crafts shop?**
wair kann aï faïnnd eun âtts annd krâftts chop?

Cet objet est-il **fait main** ?

**Is this object handmade?**
iz ziss obdjikt hanndmaïd?

Quels sont les **objets typiques** de votre région ?

**What are the typical crafts of the area?**
watt ar ze tipikeul krâftts ov zi èria?

Peut-on **visiter l'atelier** ?

**Is it possible to visit the workshop?**
iz itt posseub'l tou vizitt ze weurkchop?

| Vocabulaire | | |
|---|---|---|
| **Argenterie** | *Silverware* | silveu-wair |
| **Artisanat** | *Arts and Crafts* | âtts annd krâftts |
| **Broderie** | *Embroidery* | immbroïderi |
| **Cachemire** | *Cashmere* | kachmieu |
| **Cadeaux** | *Presents* | prèz'nts |
| **Cartes postales** | *Postcards* | pOstkâdz |
| **Cendrier** | *Ashtray* | achtreï |
| **Cristallerie** | *Glass work* | glâss weuk |
| **Cuir (objets en)** | *Leather goods* | lèzeu goudz |
| **Dessin** | *Drawing* | drau-winn |
| **Écusson** | *Coat of arms* | kOtt ov âms |
| **Lainages** | *Wool work* | woul weuk |
| **Miniatures (monuments)** | *Miniature monuments* | minitcheu monioumeunts |
| **Peinture (tableau)** | *Painting* | peïnntinn |
| **Porcelaine** | *Porcelain* | pausselinn |
| **Poterie** | *Pottery* | poteri |
| **Poupée** | *Doll* | dol |
| **Sculpture sur bois** | *Wood sculpture* | woud skAlptcheu |
| **Soierie** | *Silk work* | silk weuk |
| **Spécialités locales** | *Local specialities* | lOkeul spèchialitiz |
| **Tapis** | *Rug* | rAg |
| **Tissage** | *Weaving* | wïvinn |

## Tabac

*tobacco*
tebakO

**Où y a-t-il un bureau de tabac ?**

**Where can I find a tobacconist?**
wair kann aï faïnnd e'tebakeunist?

Avez-vous une **cartouche**... un paquet de **cigarettes** américaines... françaises ?

**Do you have a carton... a packet of American... French cigarettes?**
dou you hav e'kât'n... e'pakitt ov eumèrikeun... frèntch siguerètts?

Pouvez-vous **changer** la pierre de mon briquet... **recharger** mon briquet ?

**Can you change the flint of my lighter... refill my lighter?**
kann you tcheïndj ze flinnt ov maï laïteu... rïfil maï laïteu?

| Vocabulaire | | |
|---|---|---|
| **Allumettes** | *Matches* | matchiz |
| **Briquet** | *Lighter* | laïteu |
| **Bureau de tabac** | *Tobacconist* | tebakeunist |
| **Cartouche** | *Carton* | kât'n |
| **Cendrier** | *Ashtray* | achtreï |
| **Cigares** | *Cigars* | sigâz |
| **Cigarettes blondes** | *Mild cigarettes* | maild siguerètts |
| **– brunes** | *Strong cigarettes* | stronng siguerètts |
| **Cure-pipe** | *Pipe cleaner* | païp klïneu |
| **Essence** | *Lighter fuel* | laïteu fioul |
| **Étui** | *Cigarette case* | siguerètt keïss |
| **Filtre (avec)** | *With filter* | wiz filteu |
| **– (sans)** | *Without filter* | wizaoutt filteu |
| **Fume-cigarette** | *Cigarette holder* | siguerètt hOldeu |
| **Mèche** | *Wick* | wik |
| **Papier à cigarettes** | *Cigarette paper* | siguerètt peïpeu |
| **Paquet** | *Packet* | pakitt |
| **Pierre à briquet** | *Flint* | flinnt |
| **Pipe** | *Pipe* | païp |
| **Recharge de gaz** | *Gas refill* | gass rïfil |
| **Tabac** | *Tobacco* | tebakO |

# Culture • loisirs

## Cultes

*worship*
weuchip

Cette église est-elle encore destinée au **culte** ?

**Is this church still used for worship?**
iz ziss tcheutch stil iouzd fau weuchip?

Pouvez-vous me dire où se trouve l'**église** la plus proche... la cathédrale ?

**Can you tell me where I can find the nearest church... the cathedral?**
kann you tèl mï wair aï kann faïnnd ze nieurèst tcheutch?... ze ket'hidreul?

Quel est l'**horaire des offices** ?

**At what time are the services?**
att watt taïm ar ze seuvissiz?

À quelle heure l'église est-elle **ouverte** au public ?

**At what time is the church open to the public?**
att watt taïm iz ze tcheutch Op'n tou ze pAblik?

Je cherche un **pasteur**... un **prêtre**... un **rabbin** parlant français.

**I'm looking for a French-speaking pastor... priest... rabbi.**
aïm loukinn fau e'frèntch spïkin pâsteu... prïst... rabaï.

| Vocabulaire | | |
|---|---|---|
| **Anglican** | *Anglican* | annglikeun |
| **Cathédrale** | *Cathedral* | ket'hidreul |
| **Chapelle** | *Chapel* | tchap'l |
| **Chrétien** | *Christian* | kristieunn |
| **Confession** *(des péchés)* | *Confession* | konnfeïcheunn |
| **Dieu** | *God* | god |
| **Divin** | *Divine* | divaïnn |
| **Église** | *Church* | tcheutch |
| **Juif** | *Jew* | djou |
| **Messe** | *Mass* | mass |
| **Mosquée** | *Mosque* | mosk |
| **Musulman** | *Muslim* | mouslim |
| **Office** | *Service* | seuviss |
| **Orthodoxe** | *Orthodox* | aut'hedox |
| **Païen** | *Pagan* | peïgeunn |
| **Pasteur** | *Pastor, minister* | pâsteu, ministeu |
| **Presbytère** | *Presbytery* | prèzbiteri |
| **Prêtre** | *Priest* | prïst |
| **Prière** | *Prayer* | preïeu |
| **Prophète** | *Prophet* | prophitt |
| **Protestant** | *Protestant* | protisteunt |
| **Quête** | *Collection* | kelèkcheunn |
| **Rabbin** | *Rabbi* | rabaï |
| **Religion** | *Religion* | rilidj'n |
| **Saint** | *Saint* | seïnnt |
| **Secte** | *Sect* | sèkt |
| **Sermon** | *Sermon* | seum'n |
| **Synagogue** | *Synagogue* | sinegog |
| **Temple** | *Temple* | tèmp'l |

## Distractions • spectacles

*amusement • entertainment*
emiouzmeunt • ènteuteïnn-meunt

À quelle heure **commence** le concert... le film... la pièce ?

**At what time does the concert... the film... the play... start?**
att watt taïm dAz ze konnseutt... ze film... ze pleï... stât?

Combien **coûtent** les places ?

**How much are the seats?**
ha-au mAtch ar ze sïts?

Peut-on **danser** toute la nuit, dans cette boîte ?

**Can we dance all night, in this club?**
kann wï dânns aul naïtt, inn ziss klAb?

Que **donne**-t-on, ce soir, au cinéma... au concert... au théâtre ?

**What's on tonight at the cinema... at the concert... at the theater?**
watts onn tou naïtt att ze cinemeu... att ze konnseutt... att ze t'hieuteu?

Le **film** est-il sous-titré... le film est-il en version originale ?

**Is the film subtitled... is the film in its original version?**
iz ze film sAbtaït'ld... iz ze film inn its euridjin'l veucheunn?

Quel est le **groupe**... la troupe qui joue ce soir ?

**Which group... company is playing tonight?**
witch group... kAmmpeni iz pleïnn tou naïtt?

À quelle heure **ouvrent** les boîtes de nuit... les cabarets... les discothèques ?

**What time do the nightclubs... the cabarets... the discotheques open?**
watt taïm dou ze naïttklAbz... ze kabereï... ze diskotèks Op'n?

Nous avons besoin d'un **partenaire** pour jouer.

**We need a partner to play.**
wï nïdd e'pâtneu tou pleï.

Est-ce un spectacle **permanent** ?

**Is it a permanent show?**
iz itt e'peumaneunt chO?

Je voudrais une... deux **place(s)**.

**I'd like one... two seat(s).**
aïd laïk wAnn... tou sït(s).

Avez-vous le **programme** des spectacles ?

**Do you have an entertainment guide?**
dou you hav eun ènteuteïnn-meunt gaïd?

Où peut-on **réserver** des places ?

**Where can we book some seats?**
wair kann wï bouk sAm sïts?

Pouvez-vous m'indiquer les **salles de jeu**... le casino ?

**Where can I find the gaming rooms... the casino?**
wair kann aï faïnnd ze gueïminn roumz... ze kessinO?

Faut-il une **tenue de soirée** ?

**Is evening dress required?**
iz ïvninn drèss rikwaïd?

| Vocabulaire | | |
|---|---|---|
| **Acte** | *Act* | akt |
| **Acteur** | *Actor* | akteu |
| **Actrice** | *Actress* | aktriss |
| **Amusant** | *Amusing* | emiouzinn |
| **Artiste** | *Artist* | âtist |
| **Auteur** | *Author* | aut'heu |
| **Balcon** | *Dress circle* | drèss seuk'l |
| **Ballet** | *Ballet* | baleï |
| **Billard** | *Billiards* | bilieudz |
| **Billet** | *Ticket* | tikitt |
| **Boîte de nuit** | *Nightclub* | naïttklAb |
| **Bridge** | *Bridge* | bridj |
| **Cabaret** | *Cabaret* | kabereï |
| **Cantatrice** | *Singer* | sinngueu |
| **Cartes (jeu de)** | *Card game* | kâd gueïm |
| **Casino** | *Casino* | kessinO |
| **Chanteur** | *Singer* | sinngueu |
| **Chef d'orchestre** | *Conductor* | konndAkteu |
| **Cinéma** | *Cinema* (*US: Movie house*) | cinemeu mouvi haouss |
| **– de plein air** | *Open air cinema* (*US: Drive-in*) | Op'n air cinemeu draïvinn |
| **Cirque** | *Circus* | seukeuss |
| **Comédie** | *Comedy* | komidi |
| **COMPLET** | *FULL* | foul |
| **Compositeur** | *Composer* | kommpOzeu |
| **Concert** | *Concert* | konnseutt |
| **Costumes** | *Costumes* | kostioumz |
| **Coulisses** | *Wings* | winngz |
| **Critique** | *Critic* | kritik |
| **Dames (jeu de)** | *Draughts* (*US: Checkers*) | drâfts tchèkeuz |
| **Danse** | *Dance* | dânns |
| **– classique** | *Classical dance* | klassik'l dânns |
| **– folklorique** | *Folk dance* | faulk dânns |
| **Danseur** | *Dancer* | dânnseu |
| **Décor** | *Scenery* | sïneri |
| **Dés (jeu de)** | *Dice* | daïss |
| **Drame** | *Drama* | drâmeu |
| **Échecs (jeu d')** | *Chess* | tchèss |

| | | |
|---|---|---|
| **Écouter** | *(to) Listen* | liss'n |
| **Écran** | *Screen* | skrïnn |
| **Entracte** | *Interval* | innteuv'l |
| **ENTRÉE** | *WAY IN* | waï inn |
| **Fauteuil d'orchestre** | *Orchestra stall* | aukestra staul |
| **FERMÉ** | *CLOSED* | klOzd |
| **File d'attente** | *Queue* | kiou |
| **Gagner** | *(to) Win* | wïnn |
| **Gradins** | *Tiers* | tieuz |
| **Groupe** | *Group* | group |
| **Guichet** | *Counter* | kaounteu |
| **Hall** | *Hall* | haul |
| **Intéressant** | *Interesting* | inntristinn |
| **Jeton** | *Chip* | tchip |
| **Jeu (maison de)** | *Gaming house* | gueïminn haouss |
| **– de hasard** | *Game of chance* | gueïm ov tchanns |
| **Jouer** | *(to) Play* | pleï |
| **Lecture** | *Reading* | rïdinn |
| **Livret** | *Handbook* | handbouk |
| **Loge** | *Stage box* | steïdj box |
| **MATINÉE** | *MATINÉE* | matineï |
| **Metteur en scène** | *Producer, director* | prodiousseu, dirèkteu |
| **Musiciens** | *Musicians* | miouzicheunn |
| **Opéra** | *Opera* | opeura |
| **Opérette** | *Musical comedy* | miouzik'l komidi |
| **Parterre** | *Pit* | pitt |
| **Partie** | *Game* | gueïm |
| **Perdre** | *(to) Lose* | louz |
| **Permanent** | *Permanent, non stop* | peumaneunt, nonn stop |
| **Pièce** | *Play* | pleï |
| **Pion** | *Pawn* | paunn |
| **Piste** | *Track* | trak |
| **– de danse** | *Dance floor* | danns flau |
| **Poulailler** | *Gallery* | galeri |
| **Programme** | *Programme* | prOgram |
| **Rang** | *Row* | rO |
| **Représentation** | *Performance* | peufaumeuns |
| **Réservation** | *Booking (US: Reservation)* | boukinn rèzeveïcheunn |

| | | |
|---|---|---|
| **Réserver** | *(to) Book*<br>*(US:* [to] ***Reserve****)* | bouk<br>rizeuv |
| **Revue** | *Revue* | riviou |
| **Rideau** | *Curtain* | keut'n |
| **Rôle** | *Role, part* | rOl, pâtt |
| **Roulette** *(jeu)* | *Roulette* | roulètt |
| **Salle** | *Auditorium, house* | auditaurieum, haouss |
| **Scène** | *Scene, stage* | sïnn, steïdj |
| **SOIRÉE** | *EVENING* | ïvninn |
| **Sous-titres** | *Subtitles* | sAbtaït'lz |
| **Succès** | *Success* | seuksèss |
| **Tragédie** | *Tragedy, drama* | tradjidi, drâmeu |
| **Vedette** | *Star* | stâr |
| **Version originale** | *Undubbed* | AnndAbd |

## Nature

***nature***
neïtcheu

| Vocabulaire | | |
|---|---|---|
| **Abeille** | *Bee* | bï |
| **Air** | *Air* | air |
| **Altitude** | *Altitude* | altitioud |
| **Animal** | *Animal* | anim'l |
| **Arbre** | *Tree* | trï |
| **Automne** | *Autumn*<br>*(US: Fall)* | auteum,<br>faul |
| **Averse** | *Downpour* | daounpau |
| **Baie** | *Bay* | beï |
| **Berger** | *Shepherd* | chèpeud |
| **Bœuf** | *Ox* | ox |
| **Bois** | *Wood* | woud |
| **Boisé** | *Woody* | woudi |
| **Boue** | *Mud* | mAd |
| **Bouleau** | *Birch* | beutch |
| **Branche** | *Branch* | branntch |
| **Brouillard** | *Fog* | fog |
| **Brume** | *Mist* | mist |

| | | |
|---|---|---|
| **Caillou** | *Stone, pebble* | stOnn, pèb'l |
| **Calcaire** | *Chalk* | tchauk |
| **Campagne** | *Country* | kAnntri |
| **Carrefour** | *Crossroads* | krossrOdz |
| **Cascade** | *Cascade* | kaskeïd |
| **Cerisier** | *Cherry tree* | tchèri trï |
| **Champ** | *Field* | fïld |
| **Champignon** | *Mushroom* | mAchroum |
| **Château** | *Castle* | kâs'l |
| **Chemin** | *Path* | pât'h |
| **Chêne** | *Oak* | Ok |
| **Cheval** | *Horse* | hauss |
| **Chien de berger** | *Sheepdog* | chïpdog |
| **CHIEN MÉCHANT** | *BEWARE OF THE DOG* | biwair ov ze dog |
| **Ciel** | *Sky* | skaï |
| **Clair** | *Clear, light* | klïr, laïtt |
| **Climat** | *Climate* | klaïmitt |
| **Colline** | *Hill* | hil |
| **Côte** | *Coast* | kOst |
| **Coucher de soleil** | *Sunset* | sAnnsètt |
| **Cueillir** | *(to) Pick* | pik |
| **DANGER** | *DANGER* | deïndjeu |
| **Dangereux** | *Dangerous* | deïndj-reuss |
| **Dégel** | *Thaw* | t'hau |
| **Désert** | *Desert* | dèzeutt |
| **Eau** | *Water* | wauteu |
| **Éclair** | *Lightening* | laïtninn |
| **Environs (les)** | *Surroundings* | sAraoundinnz |
| **Épine** | *Thorn* | t'haunn |
| **Est** *(point card.)* | *East* | ïst |
| **Étang** | *Pond* | ponnd |
| **Été** | *Summer* | sAmeu |
| **Étoile** | *Star* | stâr |
| **Falaise** | *Cliff* | klif |
| **Ferme** | *Farm* | fâm |
| **Feuille** | *Leaf* | lïf |
| **Fleur** | *Flower* | flaoeu |
| **Fleur (en)** | *Blooming* | blouminn |
| **Foin** | *Hay* | heï |
| **Forêt** | *Forest* | forist |

| | | |
|---|---|---|
| **Fourmi** | *Ant* | annt |
| **Froid** | *Cold* | kOld |
| **Gelé** | *Frozen* | frOz'n |
| **Glace** | *Ice* | aïss |
| **Glissant** | *Slippery* | sliperi |
| **Grotte** | *Grotto* | grotO |
| **Guêpe** | *Wasp* | wosp |
| **Haie** | *Hedge* | hèdj |
| **Hauteur** | *Height* | haïtt |
| **Hiver** | *Winter* | winnteu |
| **Horizon** | *Horizon* | heraïz'n |
| **Humide** | *Humid, damp* | hioumid, dammp |
| **Inoffensif** | *Harmless* | hâmliss |
| **Insecte** | *Insect* | innsèkt |
| **Lac** | *Lake* | leïk |
| **Lave** *(volcan)* | *Lava* | lâveu |
| **Lever de soleil** | *Sunrise* | sAnnraïz |
| **Lumière** | *Light* | laïtt |
| **Lune** | *Moon* | moun |
| **Marécage** | *Swamp* | swammp |
| **Marée** | *Tide* | taïd |
| **Mer** | *Sea* | sï |
| **Montagne** | *Mountain* | maountinn |
| **Morsure** | *Bite* | baïtt |
| **Mouche** | *Fly* | flaï |
| **Moustique** | *Mosquito* | moskïtO |
| **Neige** | *Snow* | snO |
| **Nord** | *North* | naut'h |
| **Nuage** | *Cloud* | klaoud |
| **Océan** | *Ocean* | Ocheunn |
| **Oiseau** | *Bird* | beud |
| **Ombre** | *Shade, shadow* | cheïd, chadO |
| **Orage** | *Storm* | staum |
| **Ortie** | *Nettle* | nèt'l |
| **Ouest** | *West* | wèst |
| **Paysage** | *Landscape* | lanndskeïp |
| **Pierre** | *Stone* | stOnn |
| **Piqûre** | *Sting* | stinng |
| **Plage** | *Beach* | bïtch |
| **Plaine** | *Plain* | pleïnn |
| **Plantes** | *Plants* | plannts |

| | | |
|---|---|---|
| **Plat** *(adj.)* | *Flat* | flatt |
| **Pluie** | *Rain* | reïnn |
| **Pommier** | *Apple tree* | ap'l trï |
| **Mouton** | *Sheep* | chïp |
| **Port** | *Port* | pautt |
| **Pré** | *Field* | fïld |
| **Précipice** | *Abyss* | ebiss |
| **Printemps** | *Spring* | sprinng |
| **Proche** | *Close* | klOz |
| **Promenade** | *Walk* | waulk |
| **PROPRIÉTÉ PRIVÉE** | *PRIVATE PROPERTY* | praïvitt propeuti |
| **Rivière** | *River* | riveu |
| **Rocher** | *Rock* | rok |
| **Ruisseau** | *Stream* | strïm |
| **Sable** | *Sand* | sannd |
| **Sapin** | *Fir tree* | feu trï |
| **Sec** | *Dry* | draï |
| **Sentir bon** | *(to) Smell good* | smèl goud |
| **Serpent** | *Snake* | sneik |
| **Soleil** | *Sun* | sAnn |
| **Sommet** | *Summit, top* | sAmitt, top |
| **Source** | *Source* | sauss |
| **Sud** | *South* | saout'h |
| **Température** | *Temperature* | tèmpritcheu |
| **Tempête** | *Storm* | staum |
| **Temps** | *Weather* | weïzeu |
| **Tonnerre** | *Thunder* | t'hAnndeu |
| **Torrent** | *Torrent* | toreunt |
| **Troupeau** | *Herd* | heud |
| **Vache** | *Cow* | kaou |
| **Vallée** | *Valley* | vali |
| **Vénéneux** | *Poisonous* | poïzneuss |
| **Venimeux** | *Venomous* | vènemeuss |
| **Versant** | *Slope* | slOp |
| **Volcan** | *Volcano* | volkeïnO |

## Sports

*sports*
spauts

**Où peut-on pratiquer** l'équitation... le golf... la natation... le surf... le tennis... la voile ?

**Where can one go riding... play golf... go swimming... go surfing... play tennis... go sailing?**
wair kann wAnn gO raïdinn... pleï golf... gO swiminn... gO seufinn... pleï tèniss... gO seïlinn?

Je voudrais **assister** à un match de... où a-t-il lieu ?

**I'd like to see a... match, where does it take place?**
aïd laïk tou sï e... mAtch, wair dAz itt teïk pleïss?

Où faut-il acheter les **billets**... réserver ?

**Where do I buy the tickets... book (*US: reserve*)?**
wair dou aï baï ze tikitts... bouk (rizeuv)?

Quel est le prix de l'**entrée** ?

**How much is the admission?**
ha-au mAtch iz zi edmicheunn?

Quelles sont les **équipes** ?

**Which teams are playing?**
witch tïmz ar pleïnn?

Quelles sont les **formalités** pour obtenir le permis de chasse... de pêche ?

**What are the formalities for obtaining a hunting... a fishing licence?**
watt ar ze faumalitiz fau eubteïninn e'hAnntinn... e'fichinn laïsseuns?

Pouvez-vous m'indiquer les **heures d'ouverture** ?

**What are the opening hours?**
watt ar zi Op'ninn aoueuz?

J'aimerais prendre des **leçons.**

**I'd like to take some lessons.**
aïd laïk tou teïk sAm lès'nz.

Où peut-on **louer le matériel...** l'équipement ?

**Where can I rent the gear... the equipment?**
wair kann aï rènt ze guieu... zi ikwipmeunt?

Peut-on **nager sans danger** dans cette rivière... le long de cette plage ?

**Is it safe to swim in this river... along this coast?**
iz itt seïf tou swim inn ziss riveu... elonng ziss kOst?

Y a-t-il une **patinoire** ?

**Is there a skating rink?**
iz zair e'skeïtinn rinnk?

Où peut-on **pêcher** ?

**Where can one fish?**
wair kann wAnn fich?

Comment peut-on rejoindre les **pistes** ?

**How can one reach the ski runs?**
ha-au kann wAnn rïtch ze skï rAnnz?

Y a-t-il des pistes pour toutes les catégories de **skieurs** ?

**Are there ski runs for all categories?**
ar zair skï rAnnz fauraul katigueriz?

Quelles sont les **prévisions météorologiques** ?

**What's the weather forecast?**
watt ze wèzeu faukâst?

Quels sont les **prix** à l'heure... à la demi-journée... à la journée... à la semaine ?

**What's the price per hour... per half a day... per day... per week?**
watts ze praïss peu aoueu... peu hâf e' deï... peu deï... peu wïk?

Je voudrais faire une **randonnée** en montagne.

**I'd like to go trekking in the mountain.**
aïd laïk tou gO trèkinn inn ze maountinn.

Le match est-il **retransmis à la télévision** ?

**Is the match relayed on television?**
iz ze mAtch rïleïd onn tèlivijeunn?

| Vocabulaire | | |
|---|---|---|
| **Arbitre** | *Referee* | rèferï |
| **Articles de sport** | *Sports gear* | spauts guieu |
| **Athlétisme** | *Athletics* | at'hlètiks |
| **Balle** | *Ball* | baul |
| **Ballon** | *Ball* | baul |
| **Bicyclette** | *Bicycle* | baïssik'l |
| **Boxe** | *Boxing* | boxinn |
| **But** | *Goal* | gOl |
| **Championnat** | *Championship* | tchammpieunchip |
| **Chronomètre** | *Chronometer* | krenomiteu |
| **Club de golf** | *Golf club* | golf klAb |
| **Corner** | *Corner* | kauneu |
| **Course** | *Running* | rAninn |
| **Cyclisme** | *Cycling* | saïklinn |
| **Deltaplane** | *Hang-glider* | hanng-glaïdeu |
| **Disqualification** | *Disqualification* | diskwalifikeïcheunn |
| **Entraînement** | *Training* | treïninn |

| | | |
|---|---|---|
| **Équipe** | *Team* | tïm |
| **Escrime** | *Fencing* | fènsinn |
| **Essai** | *Trial* | traïeul |
| **Finale** | *Finals* | faïn'lz |
| **Gagner** | *(to) Win* | winn |
| **Golf miniature** | *Mini-golf* | mini-golf |
| **Gymnastique** | *Gymnastics* | djimnastiks |
| **Haltères** | *Dumb bells* | dAmm bèlz |
| **Hippodrome** | *Hippodrome* | hipedrOm |
| **Hockey sur gazon** | *Hockey* | hoki |
| **– sur glace** | *Ice hockey* | aïss hoki |
| **Hors jeu** | *Off-side* | ofsaïd |
| **Jeux Olympiques** | *Olympic Games* | Olimmpik geïmz |
| **Jouer** | *(to) Play* | pleï |
| **Joueur** | *Player* | pleïeu |
| **Lancer** | *(to) Throw* | t'hr**O** |
| **Lutte** | *Wrestling* | rèstlinn |
| **Marathon** | *Marathon* | maret'heunn |
| **Marche** | *Walking* | walkinn |
| **Marquer un but** | *(to) Score a goal* | skau e'g**O**l |
| **Mi-temps** | *Half-time* | hâf-taïm |
| **Motocyclisme** | *Motorcycling* | mOteusaïklinn |
| **Panier** | *Basket* | bâskitt |
| **Parier** | *(to) Bet* | bètt |
| **Penalty** | *Penalty* | pèneulti |
| **Perdre** | *(to) Lose* | louz |
| **Ping-pong** | *Ping pong, table tennis* | pinngponng, teïb'l tèniss |
| **Piste** | *Track* | trak |
| **Point** | *Point* | poïnnt |
| **Randonnée** | *Trekking* | trèkïnn |
| **Record** | *Record* | rèkaudd |
| **Saut** | *Jump* | djAmmp |
| **Shoot** | *Shot* | chott |
| **Sprinter** | *(to) Sprint* | sprinnt |
| **Stade** | *Stadium* | steïdieum |
| **Supporteurs** | *Supporters* | sepauteuz |
| **Terrain de football** | *Football ground* | foutbaul graound |
| **– de golf** | *Golf course* | golf kauss |
| **Touche** | *Touchline* | tAtchlaïnn |
| **Trou** | *Hole* | hOl |

| | | |
|---|---|---|
| **Vélodrome** | *Cycling track* | saïklinn trak |
| **Victoire** | *Victory* | vikteri |
| **Vol à voile** | *Gliding* | glaïdinn |
| **VTT** | *Mountain bike* | maountain baïk |

## Chasse

*hunting*
hAnntinn

| Vocabulaire | | |
|---|---|---|
| **Affût** | *Hide* | haïd |
| **Armurerie** | *Gunsmith's shop* | gAnnsmit'h chop |
| **Balle** | *Bullet* | boulitt |
| **Bottes** | *Boots* | boutts |
| **Carabine** | *Rifle* | raïf'l |
| **Cartouche** | *Cartridge* | kâtridj |
| **Chasse à courre** | *Fox hunting* | fox hAnntinn |
| **CHASSE GARDÉE** | *GAME PRESERVE* | geïm prizeuv |
| **CHASSE INTERDITE** | *HUNTING PROHIBITED* | hAnntinn preuhibitid |
| **Chasseur** | *Hunter* | hAnnteu |
| **Chien de chasse** | *Hound* | haound |
| **Fermé(e)** | *Closed* | klOzd |
| **Fusil** | *Shotgun* | chottgAnn |
| **Garde-chasse** | *Gamekeeper* | geïmkïpeu |
| **Gibecière** | *Game bag* | geïm bag |
| **Gibier à plume** | *Game birds* | geïm beudz |
| **– à poil** | *Ground game* | graound geïm |
| **Lunette** | *Field glass* | fïld glâss |
| **Meute** | *Pack* | pak |
| **Ouvert(e)** | *Open* | Op'n |
| **Permis de chasse** | *Hunting licence* | hAnntinn laïsseuns |
| **Sécurité (d'une arme)** | *Safety device* | seïfti divaïss |
| **Tirer** | *(to) Shoot* | choutt |
| **Veste de chasse** | *Hunting jacket* | hAnntinn djakitt |

# Équitation

*riding*
(raïdinn)

| Vocabulaire | | |
|---|---|---|
| **Antérieurs** | *Forelegs* | faulègz |
| **Assiette** | *Seat* | sïtt |
| **Bombe** | *Riding hat* | raïdinn hatt |
| **Bottes** | *Boots* | boutts |
| **Bouche** | *Mouth* | maout'h |
| **Bride** | *Bridle* | braïd'l |
| **Cabrer (se)** | *(to) Buck* | beuk |
| **Cavalier** | *Rider, horseman* | raïdeu, haussmann |
| **Cheval** | *Horse* | hauss |
| **Concours hippique** | *Horse show* | hauss chO |
| **Course d'obstacles** | *Steeplechase* | stïp'l-tcheïss |
| **Dos** | *Back* | bak |
| **Encolure** | *Neck* | nèk |
| **Éperons** | *Spurs* | speuz |
| **Étrier** | *Stirrup* | stirAp |
| **Galop (grand)** | *Gallop* | galeup |
| **Galop (petit)** | *Canter* | kannteu |
| **Garrot** | *Withers* | wizeuz |
| **Jument** | *Mare* | mair |
| **Longe** | *Lunge* | lAnndj |
| **Manège** | *Riding school* | raïdinn skoul |
| **Mors** | *Bit* | bitt |
| **Obstacle** | *Obstacle* | obsteuk'l |
| **Parcours** | *Course* | kauss |
| **Pas** | *Walk* | wauk |
| **Polo** | *Polo* | pOlO |
| **Poney** | *Pony* | pOni |
| **Postérieurs** | *Hindquarters* | haïnnd-kwauteuz |
| **Promenade à cheval** | *Ride* | raïd |
| **Rênes** | *Reins* | reïnnz |
| **Robe** | *Coat* | kOtt |
| **Ruer** | *(to) Rear* | rieu |
| **Sabots** | *Hooves* | houvz |
| **Sangle** | *Girth* | gueut'h |

| | | |
|---|---|---|
| **Sauter** | *(to) Jump* | djAmmp |
| **Selle** | *Saddle* | sad'l |
| **Tapis de selle** | *Saddle cloth* | sad'l klot'h |
| **Trot** | *Trot* | trott |

## Montagne

*mountain*
maountinn

| Vocabulaire | | |
|---|---|---|
| **Alpinisme** | *Mountaineering* | maountinieurinn |
| **Anorak** | *Anorak* | anerak |
| **Ascension** | *Ascent* | eussènt |
| **Avalanche** | *Avalanche* | avelânnch |
| **Bâtons** | *Ski sticks* | skï stiks |
| **Bivouac** | *Bivouac* | bivouac |
| **Bobsleigh** | *Bobsleigh* | bobsleï |
| **Brouillard** | *Fog* | fog |
| **Chaud** | *Hot* | hott |
| **Chute** | *Fall* | faul |
| **Corde** | *Rope* | rOp |
| **Cordée** | *Roped party* | rOpt pâti |
| **Couloir** | *Corridor, passage* | koridau, passidj |
| **Couteau** | *Knife* | naïf |
| **Crampon** | *Climbing iron* | klaïminn aïeunn |
| **DANGER** | *DANGER* | deïnndjeu |
| **Dégel** | *Thaw* | t'hau |
| **Dérapage** | *Side slip* | saïd slip |
| **Détour (faire un)** | *(to) Make a detour* | meïk e'dïtau |
| **Escalade** | *Climbing* | klaïmminn |
| **Excursion** | *Excursion* | ixkeucheunn |
| **Fondre** | *(to) Melt* | mèlt |
| **Froid** | *Cold* | kOld |
| **Funiculaire** | *Funicular* | fiounikiouleu |
| **Gants** | *Gloves* | glAvz |
| **Gelé** | *Icy* | aïssi |
| **Glace** | *Ice* | aïss |
| **Glacier** | *Glacier* | glassieu |

| | | |
|---|---|---|
| **Grimper** | *(to) Climb* | klaïmm |
| **Guide** | *Guide* | gaïd |
| **Halte** | *Stop* | stop |
| **Leçon** | *Lesson* | lèss'n |
| **Louer** | *(to) Rent, hire* | rènt, haïeu |
| **Luge** | *Sleigh* | sleï |
| **Lunettes** | *Glasses* | glâssiz |
| **Moniteur** | *Instructor* | innstrAkteu |
| **Montée** | *Climb* | klaïmm |
| **Mousqueton** | *Snap* | snap |
| **Neige damée** | *Packed snow* | pakt snO |
| **– gelée** | *Frozen snow* | frOzn snO |
| **– poudreuse** | *Powdery snow* | paouderi snO |
| **Névé** | *Névé* | nèvè |
| **Patinage** | *Skating* | skeïtinn |
| **Patinoire** | *Skating rink* | skeïtinn rinnk |
| **Patins** | *Skates* | skeïtts |
| **Pente** | *Slope* | slOp |
| **Piolet** | *Ice axe* | aïss ax |
| **Piste** | *Ski run* | skï rAnn |
| **Piton** | *Peg* | pèg |
| **Pluie** | *Rain* | reïnn |
| **Porte** *(slalom)* | *Gate* | geïtt |
| **Rappel** | *Doubled rope* | dAb'ld rOp |
| **Ravin** | *Ravine* | revïnn |
| **Redoux** | *Rise in temperature* | raïz inn tèmpritcheu |
| **Refuge** | *Shelter* | chèlteu |
| **Remonte-pente** | *Ski-lift* | skïlift |
| **Roche** | *Rock* | rok |
| **Sac à dos** | *Knapsack, rucksack* | napsak, rAksak |
| **Sentier** | *Path* | pât'h |
| **Ski alpin** | *Alpine skiing* | alpaïnn skï-inn |
| **– de fond** | *Cross-country skiing* | kross kAntri skï-inn |
| **Skis** | *Skis* | skïz |
| **Sommet** | *Summit, top* | sAmitt, top |
| **Sports d'hiver** | *Winter sports* | winnteu spauts |
| **Station de ski** | *Ski resort* | skï rizautt |
| **Surplomb** | *Overhang* | Oveuhanng |
| **Téléférique** | *Cable-car* | keïb'l-kar |
| **Télésiège** | *Chairlift* | tchèrlift |
| **Téléski** | *Ski lift* | skï lift |

| | | |
|---|---|---|
| **Température** | *Temperature* | tèmpritcheu |
| **Tempête de neige** | *Snowstorm* | snOstaum |
| **Tente** | *Tent* | tènt |
| **Torrent** | *Torrent* | toreunt |
| **Traces** | *Trails* | treïllz |
| **Traîneau** | *Sleigh* | sleï |
| **Tremplin** | *Ski jump* | skï djAmmp |
| **Vallée** | *Valley* | vali |
| **Varappe** | *Rock climbing* | rok klaïminn |

## Sports nautiques • pêche

*water sports • fishing*
wauteu spauts • fichinn

| Vocabulaire | | |
|---|---|---|
| **Accastillage** | *Superstructure* | soupeustrAktcheu |
| **Amarrer** | *(to) Moor* | mau |
| **Anneau** | *Hank, ring* | hannk, rinng |
| **Appât** | *Bait* | beïtt |
| **BAIGNADE INTERDITE** | *BATHING PROHIBITED* | beïzinn preuhibitid |
| **Barque** | *Boat* | bOtt |
| **Barre** *(direction)* | *Tiller, helm* | tileu, hèlm |
| **Bassin** | *Pond* | ponnd |
| **Bateau à moteur** | *Motorboat* | mOteubOtt |
| **– à rames** | *Rowing boat* | rOinn bOtt |
| **– à voiles** | *Sailing boat* | seïlinn bOtt |
| **Bonnet de bain** | *Bathing cap* | baïzinn kap |
| **Bottes** | *Boots* | boutts |
| **Bouée** | *Buoy* | boï |
| **Brasse** | *Breast stroke* | brèst strOk |
| **Cabine** | *Cabin* | kabinn |
| **Canne à pêche** | *Fishing rod* | fichinn rod |
| **Canoë** | *Canoe* | kenou |
| **Canot** | *Dinghy* | dinngui |
| **Ceinture de sauvetage** | *Lifebelt* | laïfbèlt |
| **Combinaison de plongée** | *Diving outfit* | daïvinn aoutfitt |

| | | |
|---|---|---|
| **Courant** | *Current* | kAreunt |
| **Crawl** | *Crawl* | kraul |
| **Croisière** | *Cruise* | krouz |
| **DANGER** | *DANGER* | deïndjeu |
| **Dérive** | *Drifting* | driftinn |
| **Eau (point d')** | *Water tap* | wauteu tap |
| **Embarcadère** | *Landing stage* | lanndinn steïdj |
| **Étang** | *Pond* | ponnd |
| **Filet** | *Fishing net* | fichinn nètt |
| **Flèche** | *Arrow* | arO |
| **Flotteur** | *Float* | flOtt |
| **Foc** | *Jib* | djib |
| **Fusil** | *Speargun* | spieugAnn |
| **Gouvernail** | *Rudder* | rAdeu |
| **Hameçon** | *Fish-hook* | fich-houk |
| **Harpon** | *Harpoon* | hâpoun |
| **Hélice** | *Propeller* | propèleu |
| **Hors-bord** | *Speed boat* | spïd bOtt |
| **Lac** | *Lake* | leïk |
| **Ligne** | *Line* | laïnn |
| **Louer** | *(to) Rent* | rènt |
| **Maillot de bain** | *Swimming suit* | swiminn soutt |
| **Maître nageur** | *Life-guard* | laïf gâd |
| **Marée basse** | *Low tide* | lO taïd |
| **– haute** | *High tide* | haï taïd |
| **Masque** | *Mask* | mâsk |
| **Mât** | *Mast* | mâst |
| **Matelas pneumatique** | *Air mattress* | air matriss |
| **Mer** | *Sea* | sï |
| **Moniteur** | *Instructor* | innstrAkteu |
| **Mordre (ça mord)** | *(to) Bite (I've got a bite)* | baïtt (aïv gott e'baïtt) |
| **Mouillage** | *Anchorage* | annkeridj |
| **Moulinet** | *Reel* | rïl |
| **Nage libre** | *Free style* | frï staïll |
| **– sur le dos** | *Backstroke* | bakstrOk |
| **Natation** | *Swimming* | swiminn |
| **Palmes** | *Flippers* | flipeuz |
| **PÊCHE INTERDITE** | *FISHING PROHIBITED* | fichinn preuhibitid |
| **Pédalo** | *Pedalo* | pédeulO |

| | | |
|---|---|---|
| **Permis de pêche** | *Fishing licence* | fichinn laïsseuns |
| **Pied (avoir)** | *(to) Be within one's depth* | bï wizinn wAnns dèpt'h |
| **Piscine chauffée** | *Heated pool* | hïtid poul |
| **– à ciel ouvert** | *Open-air pool* | Op'n air poul |
| **– couverte** | *indoor pool* | inndau poul |
| **Plage** | *Beach* | bïtch |
| **Planche à voile** | *Windsurf* | winndseuf |
| **– de surf** | *Surfboard* | seufbaud |
| **Plomb** | *Plummet* | plAmitt |
| **Plongée (bouteille)** | *Scuba diving* | skouba daïvinn |
| **– libre** | *Skin diving* | skinn daïvinn |
| **– scaphandre** | *Deep-sea diving* | dïp sï daïvinn |
| **Plongeon** | *Dive* | daïv |
| **Poisson** | *Fish* | fich |
| **Pont** | *Bridge* | bridj |
| **Pont (*du bâteau*)** | *Deck* | dèk |
| **Quille** | *Keel* | kïl |
| **Rames** | *Oars* | auz |
| **Rive** | *Bank* | bannk |
| **Rivière** | *River* | riveu |
| **Sable** | *Sand* | sannd |
| **Safran** *(gouvernail)* | *Rudder blade* | rAdeu bleïd |
| **Secours** | *Help* | hèlp |
| **Ski nautique** | *Water skiing* | wauteu skïinn |
| **Station balnéaire** | *Sea resort* | sï rizautt |
| **Suroît** | *Sou'wester* | saou-wèsteu |
| **Température** | *Temperature* | tèmpritcheu |
| **Tempête** | *Storm* | staum |
| **Tuba** | *Snorkel* | snauk'l |
| **Vague** | *Wave* | weïv |
| **Vent** | *Wind* | winnd |
| **Voile (grand-)** | *Mainsail* | meïnnseïll |
| **Yacht** | *Yacht* | yott |

## Tennis

*tennis*
tèniss

| Vocabulaire | | |
|---|---|---|
| Balle | *Ball* | baul |
| Chaussures de tennis | *Tennis shoes* | tèniss chouz |
| Classement | *Classification* | klassifikeïcheunn |
| Couloir | *Lane* | leïnn |
| Coup droit | *Forearm stroke* | faurâm strOk |
| Court de tennis | *Tennis court* | tèniss kautt |
| Double | *Doubles* | dAb'lz |
| Faute | *Fault* | fault |
| Filet | *Net* | nètt |
| Jeu | *Game* | geïm |
| Jouer au tennis | *(to) Play tennis* | pleï tèniss |
| Leçon | *Lesson* | lèss'n |
| Match nul | *Tie* | taï |
| Partenaire | *Partner* | pâtneu |
| Raquette | *Racket* | rakitt |
| Revers | *Backstroke* | bakstrOk |
| Service | *Service* | seuviss |
| Short | *Shorts* | chautts |
| Simple | *Single* | sinngueul |
| Tension des cordes | *Tightness of the cords* | taïtniss ov ze kaudz |
| Volée | *Volley* | voli |

## Visites touristiques • musées • sites

*sightseeing • museums • sites*
saïtsïinn • miouzieumz • saïtts

**Où se trouve l'Office du tourisme ?**
Where's the tourist office?
wairz ze taurist ofiss?

Combien coûte **la visite** ?

**How much is the visit?**
ha-au m**Atch iz ze vizitt?**

La visite **guidée** est-elle en français ?

**Is there a French-speaking guide for the visit?**
iz zair e'**frèntch spïkinn gaïd fau ze vizitt?**

Quelles sont les **heures d'ouverture** ?

**What are the opening hours?**
**watt ar zi Op'ninn aoueuz?**

Quels sont les **lieux visités** au cours du circuit ?

**Which places will be visited during the tour?**
**witch pleïssiz wil bï vizitid diourinn ze tau?**

Peut-on prendre des **photos** ?

**May we take photographs?**
**meï wï teïk fOtegrafs?**

Avez-vous un **plan** de la ville... des environs ?

**Do you have a map of the town... of the area?**
dou you h**av e'map ov ze taoun... ov zi èria?**

**Quelle (quel) est** cette église... ce monument... ce tableau ?

**What's this church... this monument... this painting?**
**watts ziss tcheutch... ziss monioumeunt... ziss peïnntinn?**

**Qui en est** l'architecte... le peintre... le sculpteur ?

**Who's the architect... the artist... the sculptor?**

houz zi **âkitèkt... ze âtist... ze skAlpteu?**

Nous **restons** ici une journée... jours... semaine(s).

**We're staying here for the day... for... days... for... week(s).**
wïr steïnn **hieu fau ze deï... fau... deïz... fau... wïk(z).**

Combien de **temps dure la visite ?**

**How long does the visit last?**
ha-au l**onng dAz ze vizitt lâst?**

Où se **trouve** le musée... la cathédrale... le monastère... l'exposition ?

**Where's the museum... the cathedral... the monastery... the exhibition?**
**wairz ze miouzieum... ze ket'hidreul... ze moneusteri... ze èxhibicheunn?**

Je voudrais visiter la **vieille ville**... le port.

**I'd like to visit the old town... the port.**
aïd laï**k tou vizitt ze Old taoun... ze pautt.**

Quelle **visite** nous conseillez-vous ?

**Which tour would you recommend?**
**witch tau woud you rèkemènd?**

| Vocabulaire | | |
|---|---|---|
| **Abbaye** | *Abbey* | abi |
| **Abside** | *Apse* | aps |
| **Ancien** | *Ancient* | eïnncheunt |
| **Baroque** | *Baroque* | berok |
| **Bâtiment** | *Building* | bildinn |
| **Bibliothèque** | *Library* | laïbreri |
| **Billet** | *Ticket* | tikitt |
| **Cascade** | *Cascade* | kaskeïd |

| | | |
|---|---|---|
| Cathédrale | *Cathedral* | ket'hidreul |
| Centre-ville | *Town center* (*US: Down-town*) | taoun sènteu daoun taoun |
| Cimetière | *Graveyard* | greïv-yâd |
| Circuit | *Tour* | tau |
| Colonne | *Column* | koleum |
| Croix | *Cross, crucifix* | kross, kroussifix |
| Crypte | *Crypt* | kript |
| Curiosités | *Curiosities* | kiouriozitiz |
| Dôme | *Dome* | dOm |
| Douves | *Moat* | mOtt |
| Église | *Church* | tcheutch |
| ENTRÉE | *ENTRY* | èntri |
| ENTRÉE LIBRE | *FREE ENTRY* | frï èntri |
| Environs | *Surroundings* | seraoundinns |
| Exposition | *Exhibition* | èxhibicheunn |
| Façade | *Façade* | fessad |
| Fontaine | *Fountain* | faountinn |
| Gothique | *Gothic* | got'hik |
| Gratte-ciel | *Skyscraper* | skaï-skreïpeu |
| Guide | *Guide* | gaïd |
| Hôtel de ville | *Town hall* | taoun haul |
| Jardin | *Garden* | gâd'n |
| – botanique | *Botanic(al) garden* | betanik'l gâd'n |
| – zoologique | *Zoo* | zou |
| Marché | *Market* | mâkitt |
| Monastère | *Monastery* | moneusteri |
| Monument | *Monument* | monioumeunt |
| Moyen Âge | *Middle Ages* | mid'l eïdjiz |
| Musée | *Museum* | miouzieum |
| Nef | *Nave* | neïv |
| Observatoire | *Observatory* | ebzeurvetri |
| Palais | *Palace* | paliss |
| Parc | *Park* | pâk |
| Peintre | *Artist* | âtist |
| Peinture | *Painting* | peïnntinn |
| Pilier | *Pillar* | pileu |
| Place | *Square* | skwair |
| Pont | *Bridge* | bridj |
| Port | *Port* | pautt |
| Rempart | *Rampart* | rammpâtt |

| | | |
|---|---|---|
| **Renaissance (la)** | *Renaissance* | rineïssanss |
| **Romain** | *Roman* | rOmeunn |
| **Rosace** | *Rosette* | rOzètt |
| **Ruelle** | *Alley* | ali |
| **Ruines** | *Ruins* | rouinnz |
| **Salle** | *Room* | roum |
| **Sculpteur** | *Sculptor* | skAlpteu |
| **Sculpture** | *Sculpture* | skAlptcheu |
| **Siècle** | *Century* | sèntchiouri |
| **Statue** | *Statue* | statiou |
| **Style** | *Style* | staïll |
| **Tableau** | *Painting, picture* | peïnntinn, piktcheu |
| **Vieille ville** | *Old town* | Old taoun |
| **Visite** | *Visit* | vizitt |
| **– guidée** | *Guided visit* | gaïdid vizitt |

# Dictionnaire

**À** *to.*
**Abaisser** *(to) lower.*
**Abandonner** *(to) abandon.*
**Abbaye** *abbey.*
**Abcès** *abscess.*
**Abeille** *bee.*
**Abîmer** *(to) damage.*
**Abonner (s')** *(to) subscribe.*
**Abord (d')** *to start with.*
**Abri** *shelter.*
**Abriter (s')** *(to) shelter.*
**Absent** *absent.*
**Absolument** *absolutely.*
**Abstenir (s')** *(to) abstain.*
**Absurde** *absurd.*
**Abus** *abuse.*
**Accélérer** *(to) accelerate.*
**Accent** *accent.*
**Accepter** *(to) accept.*
**Accessoire** *accessory.*
**Accident** *accident.*
**Accompagner** *(to) accompany.*
**Accord (d')** *OK, I agree.*
**Accrocher** *(to) hang.*
**Accueil** *reception.*
**Achat** *shopping.*
**Acheter** *(to) buy.*
**Acompte** *account.*
**Acquérir** *(to) buy.*
**Action** *action.*
**Activité** *activity.*
**Actuellement** *at the moment.*
**Addition** *addition, bill (US: check).*
**Admettre** *(to) admit.*
**Administrateur** *administrator.*
**Admirer** *(to) admire.*
**Adresse** *address.*
**Adroit** *clever.*
**Adulte** *adult.*
**Adversaire** *adversary.*
**Aération** *aeration.*
**Aéroport** *airport.*
**Affaiblir** *(to) weaken.*
**Affaire** *business.*
**Affreux** *dreadful.*
**Afrique** *Africa.*
**Âge** *age.*
**Agence** *agency.*
**Agent** *agent.*
**Aggravation** *worsening.*
**Agir** *(to) act.*
**Agrandir** *(to) enlarge.*
**Agréable** *nice, pleasant.*
**Agrément** *pleasure.*
**Aide** *help.*
**Aigre** *bitter.*
**Aiguille** *needle.*
**Ailleurs** *elsewhere.*

**Aimable** *likeable.*

**Aimer** *(to) like, (to) love.*

**Aîné** *eldest.*

**Ainsi** *thus.*

**Air** *air.*

**Ajouter** *(to) add.*

**Alcool** *alcohol.*

**Alentour** *surrounding.*

**Aliment** *food.*

**Aliter (s')** *(to) take to one's bed.*

**Aller** *(to) go.*

**Aller et retour** *return trip (US: round-trip).*

**Allonger (s')** *(to) lie down.*

**Allumer** *(to) light.*

**Alors** *so, then.*

**Altitude** *altitude.*

**Amabilité** *kindness.*

**Ambassade** *embassy.*

**Ambulance** *ambulance.*

**Améliorer** *(to) improve.*

**Amener** *(to) bring.*

**Amer** *sour.*

**Américain** *American.*

**Amérique** *America.*

**Ami** *friend.*

**Amour** *love.*

**Ampoule** *bulb.*

**Amusant** *amusing.*

**Amuser (s')** *to amuse oneself.*

**Ancêtres** *ancestors.*

**Anglais** *English.*

**Angleterre** *England.*

**Angoisse** *anxiety.*

**Animal** *animal.*

**Année** *year.*

**Anniversaire** *birthday.*

**Annonce** *announcement.*

**Annuler** *(to) cancel.*

**Antalgique** *antalgesic.*

**Antérieur** *former.*

**Antidote** *antidote.*

**Antiquaire** *antique dealer.*

**Août** *August.*

**Apparaître** *(to) appear.*

**Appareil** *apparatus.*

**Appareil photo numérique** *digital camera.*

**Appel** *call.*

**Appeler** *(to) call.*

**Appendicite** *appendicitis.*

**Appétit** *appetite.*

**Apprécier** *(to) enjoy.*

**Appui** *support.*

**Appuyer** *(to) lean.*

**Après** *after, later.*

**À propos de** *regarding.*

**Araignée** *spider.*

**Arbre** *tree.*

**Argent** *money.*

**Argument** *argument.*

**Aride** *arid, dry.*

**Arme** *weapon.*

**Arrêt** *stop, halt.*

**Arrêter (s')** *(to) stop.*

**Arrière** *back.*
(**À l'arrière** *at the back.*)

**Arriver** *(to) arrive.*

**Art** *art.*

**Ascenseur** *lift.*

**Asseoir (s')** *(to) sit.*

**Assez** *enough.*

**Assiette** *plate.*

**Assurance** *insurance.*

**Assurer** *(to) insure.*

**Attaque** *attack.*

**Atteindre** *(to) reach.*

**Attendre** *(to) wait for.*

**Attente** *waiting.*

**Atterrir** *(to) land.*

**Attestation** *certificate.*

**Attestation d'assurance** *insurance certificate.*

**Attitude** *attitude.*

**Auberge** *hotel.*

**Auberge de jeunesse** *youth hostel.*

**Aucun** *none.*

**Au-dedans** *inside.*

**Au-dehors** *outside.*

**Au-delà** *further on.*

**Au-dessous** *below.*

**Au-dessus** *above.*

**Au-devant** *in front.*

**Augmentation** *increase.*

**Aujourd'hui** *today.*

**Auparavant** *formerly.*

**Aussi** *also.*

**Aussitôt** *immediately.*

**Autant que** *as much as.*

**Authentique** *authentic.*

**Auto** *car (US: automobile).*

**Autoroute** *highway*

**Automne** *autumn (US: fall).*

**Autoriser** *(to) authorise.*

**Autorités** *authorities.*

**Autour** *around.*

**Autre** *other*

**Avalanche** *avalanche*

**Avaler** *(to) swallow.*

**Avance** *advance.*

**Avant** *before.*

**Avantageux** *advantageous.*

**Avant-hier** *the day before yesterday.*

**Avec** *with.*

**Avenir** *future.*

**Aventure** *adventure.*

**Averse** *downpour.*

**Avertir** *(to) warn.*

**Aveugle** *blind.*
**Avion** *plane.*
**Avis** *advice.*
**Avocat** *lawyer.*
**Avoir** *(to) have.*
**Avril** *April.*

**Bâbord** *port side.*
**Bac** *ferry.*
**Bâche** *awning.*
**Bagages** *luggage (US: baggage).*
**Bague** *ring.*
**Baignade** *swimming.*
**Baigner (se)** *(to) swim.*
**Bain** *bath.*
**Baiser** *kiss.*
**Baisse** *decrease.*
**Baisser (se)** *(to) stoop.*
**Balade** *walk.*
**Balai** *broom.*
**Balance** *balance.*
**Balayer** *(to) sweep.*
**Ballon** *(de baudruche) balloon.*
– *(sports) ball.*
**Balnéaire** *seaside.*
**Balustrade** *balustrade.*
**Banc** *bench.*
**Bandage** *bandage.*
**Banlieue** *suburb.*

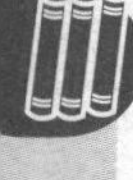

**Banque** *bank.*
**Barbe** *beard.*
**Barque** *small boat.*
**Barrage** *dam.*
**Barre** *bar.*
**Bas** *(adj.) low.*
– *(nom) stocking.*
**Baser** *(to) base.*
**Bassin** *pool.*
**Bataille** *battle.*
**Bateau** *boat.*
**Bâtiment** *building.*
**Bâtir** *(to) build.*
**Bâton** *stick.*
**Battre** *(to) beat.*
**Baume** *balm.*
**Bavard** *talkative.*
**Beau** *beautiful.*
**Beaucoup** *a lot.*
**Beau-fils** *son-in-law.*
**Beau-frère** *brother-in-law.*
**Beau-père** *father-in-law.*
**Beauté** *beauty.*
**Bébé** *baby.*
**Beige** *beige.*
**Belgique** *Belgium.*
**Belle-fille** *daughter-in-law.*
**Belle-mère** *mother-in-law.*
**Belle-sœur** *sister-in-law.*
**Bénéfice** *benefit.*

**Bénévole** *benevolent.*
**Bénir** *(to) bless.*
**Besoin de (avoir)** *(to) need.*
**Bétail** *cattle.*
**Bête** *(adj.) stupid.*
– *(nom) beast, animal.*
**Beurre** *butter.*
**Bicyclette** *bicycle.*
**Bien** *well.*
**Bientôt** *soon.*
**Bienvenu** *welcome.*
**Bière** *beer.*
**Bifurcation** *forking.*
**Bijou** *jewel.*
**Bijoutier** *jeweller.*
**Billet** *ticket.*
**Biscotte** *rusk, dry biscuit.*
**Bistrot** *bar.*
**Blanc** *white*
**Blanchir** *(to) whiten.*
**Blanchisserie** *laundry.*
**Blé** *wheat.*
**Blesser** *(to) wound.*
**Bleu** *blue.*
**Bœuf** *(animal) ox.*
– *(viande) beef.*
**Boire** *(to) drink.*
**Bois** *wood.*
**Boisson** *drink.*
**Boîte** *box.*
**Bon** *good.*
**Bonheur** *happiness.*
**Bonsoir** *good evening.*
**Bonté** *kindness.*
**Bord** *edge.*
**Bouche** *mouth.*
**Boucher** *butcher.*
**Boucle** *buckle.*
**Boue** *mud.*
**Bouée** *lifebelt.*
**Bouger** *(to) move.*
**Bougie** *candle.*
**Bouillant** *boiling.*
**Boulanger** *baker.*
**Boule** *ball.*
**Boussole** *compass.*
**Bouteille** *bottle.*
**Boutique** *shop.*
**Bouton** *button.*
**Bracelet** *bracelet.*
**Bras** *arm.*
**Brasserie** *brewer.*
**Bref** *brief.*
**Brillant** *brilliant, shiny.*
**Briser** *(to) break.*
**Broder** *(to) embroider.*
**Brosse** *brush.*
**Brouillard** *fog.*
**Bruit** *noise.*
**Brûler** *(to) burn.*

**Brume** *mist.*
**Brun** *brown.*
**Bruyant** *noisy.*
**Bureau** *office.*
**Bus** *bus.*
**But** *goal.*
**Buvable** *drinkable.*

**Cabane** *hut.*
**Cabaret** *cabaret.*
**Cabine** *cabin.*
**Câble** *cable.*
**Cacher** *(to) hide.*
**Cadeau** *present.*
**Cadenas** *lock.*
**Cadet** *younger.*
**Café** *coffee.*
**Cahier** *textbook.*
**Caillou** *stone, pebble.*
**Caisse** *box, cash desk.*
**Calcaire** *chalk.*
**Cale** *hold.*
**Calendrier** *calendar.*
**Calmant** *calming.*
**Calme** *calm.*
**Camarade** *friend.*
**Caméscope** *camcorder*
**Camion** *lorry (US: truck).*
**Campagne** *country.*
**Camper** *(to) camp.*
**Camping** *camping.*

**Canal** *canal.*
**Canard** *duck.*
**Cancer** *cancer.*
**Canne** *stick.*
**Canot** *rowing boat.*
**Capable** *capable.*
**Capitale** *capital.*
**Car** *(nom)* *coach.*
**Cardiaque** *cardiac.*
**Cargaison** *cargo.*
**Carré** *square.*
**Carrefour** *crossroads.*
**Carte** *card.*
– *(géo.)* *map.*
– **de crédit** *credit card.*
– **d'embarquement** *boarding card.*
– **grise** *car-license.*
– **d'identité** *identity card.*
– **postale** *postcard.*
**Carton** *carton.*
**Cas** *case.*
**Casse-croûte** *snack.*
**Casser** *(to) break.*
**Casserole** *saucepan.*
**Cathédrale** *cathedral.*
**Cauchemar** *nightmare.*
**Cause** *cause.*
*(***À cause de** *because of.)*
**Causer** *(to) cause.*

**Caution** *care.*
**Cavalier** *horseman.*
**Ce, cet, cette** *this, that.*
**Ceci** *this.*
**Ceinture** *belt.*
**Cela** *that.*
**Célèbre** *well known.*
**Célibataire** *unmarried.*
**Celui-ci, celle-ci** *this one.*
**Celui-là, celle-là** *that one.*
**Cent** *one hundred.*
**Central** *central.*
**Centre** *center.*
**Cependant** *however.*
**Cercle** *circle.*
**Certain** *certain, sure.*
**Certainement** *certainly.*
**Certificat** *certificate.*
**Ces** *these, those.*
**Chacun** *each.*
**Chaîne** *chain.*
**Chaise** *chair.*
**Châlet** *chalet.*
**Chaleur** *heat.*
**Chaloupe** *fishing boat.*
**Chambre** *room.*
**Chambre d'hôte** *bed and breakfast.*
**Chance** *chance, luck.*
**Change** *exchange.*
**Changement** *change.*
**Changer** *(to) change.*
**Chanson** *song.*
**Chant** *song.*
**Chapeau** *hat.*
**Chapelle** *chapel.*
**Chaque** *each.*
**Charbon** *coal.*
**Charcuterie** *delicatessen.*
**Charge** *charge.*
**Chariot** *chariot.*
**Chasser** *(to) hunt.*
**Château** *castle.*
**Chaud** *hot.*
**Chauffage** *heating.*
**Chauffer** *(to) heat.*
**Chauffeur** *driver.*
**Chaussure** *shoe.*
**Chemin** *path.*
**Chemise** *shirt.*
**Chèque** *check.*
**Cher** *(prix) expensive.*
– *(affec.) dear.*
**Chercher** *(to) look for.*
**Cheval** *horse.*
**Cheveux** *hair.*
**Chien** *dog.*
**Chiffon** *rag.*
**Chiffre** *number.*
**Choc** *shock.*
**Choisir** *(to) choose.*

**Chose** *thing.*

**Chute** *fall.*

**Ciel** *sky.*

**Cigare** *cigar.*

**Cigarette** *cigarette.*

**Cimetière** *graveyard.*

**Cinéma** *cinema (US: movie house).*

**Cintre** *coat hanger.*

**Cirage** *polish.*

**Circonstance** *circumstance.*

**Circuit** *tour.*

**Circulation** *circulation.*

**Ciseaux** *scissors.*

**Citoyen** *citizen.*

**Citron** *lemon.*

**Clair** *clear, pale.*

**Classe** *class.*

**Clavicule** *clavicle.*

**Clef** *key.*

**Client** *client.*

**Climat** *climate.*

**Climatisation (air conditionné)** *air-conditioning.*

**Cloche** *bell.*

**Clocher** *steeple, belfry.*

**Clou** *nail.*

**Cochon** *pig.*

**Code** *code.*

**Code de la route** *rule of the road.*

**Cœur** *heart.*

**Coiffeur** *hairdresser.*

**Coin** *corner.*

**Col** *collar.*

**Colère** *anger.*

**Colis** *parcel.*

**Collant** *(adj.)* *sticky.*

**Colle** *glue.*

**Collection** *collection.*

**Collier** *(animal)* *collar.*

– *(bijou)* *necklace.*

**Colline** *hill.*

**Collision** *collision.*

**Colonne** *column.*

**Coloré** *coloured.*

**Combien** *how much, how many.*

**Comestible** *edible.*

**Commande** *order.*

**Commander** *(to) order.*

**Comme** *as, like.*

**Commencement** *beginning.*

**Comment** *how.*

**Commode** *(nom)* *dresser.*

**Commun** *common.*

**Communication** *communication.*

**Compagnon** *companion.*

**Comparaison** *comparison.*

**Comparer** *(to) compare.*

**Compartiment** *compartment.*

**Compatriote** *compatriot.*

**Complet** *(adj.) complete, full.*

**Composer** *(to) compose.*

**Comprendre** *(to) understand.*

**Comprimé** *tablet.*

**Compris** *understood.*

**Compte bancaire** *bank account.*

**Compter** *(to) count.*

**Concerner** *(to) concern.*

**Concert** *concert.*

**Concierge** *guardian (US: janitor).*

**Condition** *condition.*

**Condoléances** *condolences.*

**Conducteur** *driver.*

**Conduire** *(to) drive.*

**Conduite** *driving.*

**Confiance** *confidence.*

**Confirmer** *(to) confirm.*

**Confiture** *jam.*

**Confondre** *(to) confuse.*

**Confort** *comfort.*

**Confortable** *comfortable.*

**Congé** *holiday.*

**Connaissance** *knowledge.*

**Connaître** *(to) know.*

**Connu** *known.*

**Consciencieux** *conscientious.*

**Conscient** *conscious.*

**Consentir** *(to) consent.*

**Conserver** *(to) keep.*

**Considérable** *considerable.*

**Considérer** *(to) consider.*

**Consigne** *(gare) left luggage.*

**Consommation** *consumption.*

**Consommer** *(to) consume.*

**Constater** *(to) realise.*

**Constitution** *constitution.*

**Construire** *(to) build.*

**Consulat** *consulate.*

**Contact** *contact.*

**Contenir** *(to) contain.*

**Content** *pleased.*

**Contenu** *(nom) content(s).*

**Continuer** *(to) continue.*

**Contraceptif** *contraceptive.*

**Contraire** *contrary.* (**Au contraire** *to the contrary.*)

**Contrat** *contract.*

**Contre** *against.*

**Contrôle** *control.*

**Contrôleur** *controller.*

**Convaincre** *(to) convince.*
**Convenir** *(to) suit.*
**Conversation** *conversation.*
**Coq** *cock.*
**Corde** *rope.*
**Cordial** *cordial.*
**Cordonnier** *cobbler.*
**Corps** *body.*
**Corpulent** *corpulent.*
**Correct** *correct.*
**Correspondance** *correspondance.*
**Corriger** *(to) correct.*
**Costume** *suit, costume.*
**Côte** *(géo.) coast.*
**Côté** *side.*
(**À côté de** *next to.)*
**Coton** *cotton.*
**Cou** *neck.*
**Coucher (se)** *(to) lie down.*
**Couchette** *couchette, sleeper (US: berth).*

**Coude** *elbow.*
**Coudre** *(to) sew.*
**Couler** *(to) flow.*
**Couleur** *colour.*
**Coup** *knock.*
**Coupable** *(nom) culprit.*
– *(adj.) guilty.*
**Couper** *(to) cut.*
**Couple** *couple.*
**Coupon** *coupon.*
**Cour** *(jur.) court.*
**Courant** *current.*
**Courir** *(to) run.*
**Courrier** *post (US: mail).*
**Courrier électronique** *email.*
**Courroie** *belt.*
**Cours** *course.*
**Court** *(adj.) short.*
**Cousin** *cousin.*
**Coût** *cost.*
**Couteau** *knife.*
**Coûter** *(to) cost.*
**Coûteux** *expensive.*
**Coutume** *custom.*
**Couturier** *dressmaker.*
**Couvent** *convent.*
**Couvert** *(temps) overcast.*
**Couverture** *blanket.*
**Couvrir** *(to) cover.*
**Cracher** *(to) spit.*
**Craindre** *(to) fear.*
**Crayon** *pencil.*
**Crédit** *credit.*
**Créer** *(to) create.*
**Crème** *cream.*
**Crier** *(to) shout.*
**Critiquer** *(to) criticize.*
**Croire** *(to) believe.*

**Croisière** *cruise.*
**Cru** *(adj.) raw.*
**Cueillir** *(to) pick.*
**Cuiller** *spoon.*
**Cuir** *leather.*
**Cuire** *(to) cook.*
**Cuisine** *(pièce) kitchen.*
**Cuisiner** *(to) cook.*
**Cuisinier** *cook.*
**Cuisinière (à gaz)** *(gas) cooker.*
**Cuisse** *thigh.*
**Curé** *pastor.*
**Curieux** *curious.*
**Curiosité** *curiosity.*

**Dame** *lady.*
**Danger** *danger.*
**Dans** *in.*
**Danse** *dance.*
**Danser** *(to) dance.*
**Date** *date.*
**Davantage** *more, even more.*
**De** *(origine) from.*
**Débarquer** *(to) disembark.*
**Debout** *standing.*
**Débrancher** *(to) disconnect.*
**Début (au)** *at the beginning.*
**Débuter** *(to) begin.*
**Décembre** *December.*
**Décent** *decent.*
**Décevoir** *(to) disappoint.*
**Décharger** *(to) unload.*
**Déchirer** *(to) tear.*
**Décidé** *determined.*
**Décider** *(to) decide.*
**Décision** *decision.*
**Déclaration** *declaration.*
**Déclarer** *(to) declare.*
**Décollage** *take-off.*
**Décommander** *(to) cancel.*
**Décompte** *deduction.*
**Déconseiller** *(to) advise against.*
**Décourager** *(to) discourage.*
**Découvrir** *(to) discover.*
**Décrire** *(to) describe.*
**Déçu** *disappointed.*
**Dedans** *inside.*
**Dédouaner** *(to) clear.*
**Défaire** *(to) untie.*
**– les valises** *(to) unpack.*
**Défaut** *fault.*
**Défavorable** *unfavourable.*
**Défectueux** *faulty.*
**Défendre** *(to) defend.*
**Définir** *(to) define.*
**Dégât** *damage.*
**Dehors** *outside.*
**Déjà** *already.*

**Déjeuner** *lunch.*
**Délai** *delay.*
**Délicat** *delicate.*
**Délit** *offense.*
**Délivrer** *(to) deliver.*
**Demain** *tomorrow.*
**Demander** *(to) ask.*
**Démarrer** *(to) start.*
**Déménager** *(to) move.*
**Demi** *half.*
**Démodé** *old-fashioned.*
**Dent** *tooth.*
**Dentelle** *lace.*
**Dentifrice** *toothpaste.*
**Dentiste** *dentist.*
**Départ** *departure.*
**Dépasser** *(to) pass, (to) overtake.*
**Dépêcher (se)** *(to) hurry.*
**Dépenser** *(to) spend.*
**Dépenses** *expenses.*
**Déplaire à** *(to) displease.*
**Déplaisant** *unpleasant.*

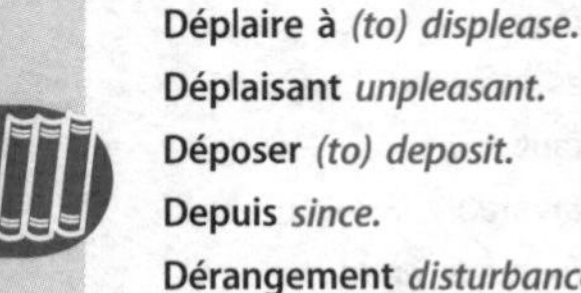

**Déposer** *(to) deposit.*
**Depuis** *since.*
**Dérangement** *disturbance.*
**Déranger** *(to) disturb.*
**Dérégler** *(to) unsettle.*
**Dernier** *last.*
**Derrière** *behind.*
**Dès que** *as soon as.*
**Désagréable** *disagreeable.*
**Descendre** *(to) go down.*
**Descente** *going down.*
**Description** *description.*
**Désert** *desert.*
**Désespérer** *(to) despair.*
**Déshabiller** *(to) undress.*
**Désinfecter** *(to) desinfect.*
**Désirer** *(to) desire.*
**Désordre** *disorder.*
**Dessiner** *(to) draw.*
**Dessous** *under, below.*
**Dessus** *above, over.*
**Destinataire** *addressee.*
**Destination** *destination.*
**Détachant** *stain remover.*
**Détail** *detail.*
**Détour** *detour.*
**Détruire** *(to) destroy.*
**Dette** *debt.*
**Deuxième** *second.*
**Deuxièmement** *secondly.*
**Devant** *in front.*
**Développement** *development.*
**Développer** *(to) develop.*
**Devenir** *(to) become.*
**Déviation** *deviation.*
**Deviner** *(to) guess.*
**Devises** *currency.*
**Devoir** *duty.*

**Diarrhée** *diarrhoea.*

**Dictionnaire** *dictionary.*

**Dieu** *god.*

**Différence** *difference.*

**Différent** *different.*

**Différer** *(to) differ.*

**Difficile** *difficult.*

**Difficulté** *difficulty.*

**Dimanche** *Sunday.*

**Diminuer** *(to) diminish.*

**Dîner** *dinner.*

**Dire** *(to) say, (to) tell.*

**Directement** *directly.*

**Directeur** *director.*

**Direction** *direction.*

**Disparaître** *(to) disappear.*

**Disponible** *available.*

**Distance** *distance.*

**Distingué** *distinguished.*

**Distinguer** *(to) distinguish.*

**Distraction** *distraction.*

**Distraire (se)** *(to) amuse oneself.*

**Distributeur de billets** *cash dispenser.*

**Divers** *diverse.*

**Divertissant** *amusing.*

**Diviser** *(to) divide.*

**Dix** *ten.*

**Docteur** *doctor.*

**Document** *document.*

**Doigt** *finger.*

**Domaine** *domaine.*

**Domicile** *residence.*

**Dommage** *damage.*

**Donc** *therefore.*

**Donner** *(to) give.*

**Dormir** *(to) sleep.*

**Dos** *back.*

**Douane** *customs.*

**Douanier** *customs officer.*

**Double** *double.*

**Doubler** *(to) double.*

**Doucement** *gently.*

**Douche** *shower.*

**Douleur** *pain.*

**Douloureux** *painful.*

**Doute** *doubt.*

**Douteux** *doubtful.*

**Doux** *soft.*

**Douzaine** *dozen.*

**Drap** *sheet.*

**Droit** *(adj.) straight.*

– *(nom) right.*
*(***À droite** *to the right.)*

**Dune** *dune.*

**Dur** *hard.*

**Durée** *duration.*

**Durer** *(to) last.*

**Dureté** *hardness.*

**Eau** *water.*

**Écart** *divergence.*

**Échanger** *(to) exchange.*

**Échantillon** *sample.*

**Échelle** *ladder.*

**Éclair** *lightening.*

**Éclairé** *enlightened.*

**École** *school.*

**Économiser** *(to) save, (to) economize.*

**Écouter** *(to) listen to.*

**Écouteur** *earphone.*

**Écrire** *(to) write.*

**Édifice** *building.*

**Éducation** *education.*

**Effet** *effect.*

**Efficace** *efficient.*

**Efforcer (s')** *(to) endeavour.*

**Effort** *effort.*

**Effrayer (s')** *(to) be frightened.*

**Égal** *equal.* (**Cela m'est égal** *it's all the same to me.)*

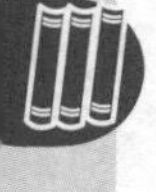

**Église** *church.*

**Élections** *elections.*

**Elle** *she, it ; her.*

**Éloigné** *distant.*

**Emballage** *packing.*

**Embouteillage** *traffic jam.*

**Embrasser** *(to) kiss, (to) embrace.*

**Émission** *emission.*

**Emmener** *(to) take away.*

**Empêcher** *(to) prevent.*

**Empire** *empire.*

**Emploi** *employment.*

**Employé** *employee.*

**Employer** *(to) employ, (to) use.*

**Emporter** *(to) carry away.*

**Emprunter** *(to) borrow.*

**Ému** *moved.*

**Encore** *again.*

**Endommager** *(to) damage.*

**Endormir (s')** *(to) fall asleep.*

**Endroit** *place.*

**Enfant** *child.*

**Enfin** *at last.*

**Enflammer** *(to) set on fire.*

**Enflure** *swelling.*

**Enlever** *(to) remove, (to) take off.*

**Ennuyeux** *boring.*

**Enseigner** *(to) teach.*

**Ensemble** *together.*

**Ensuite** *after, then.*

**Entendre** *(to) hear.*

**Enthousiasme** *enthousiasm.*

**Entier** *entire, whole.*

**Entracte** *interval.*

**Entraider (s')** *(to) help one another.*

**Entre** *between.*

**Entrée** *entry, entrance.*

**Entreprise** *enterprise.*

**Entrer** *(to) enter, (to) come in.*

**Enveloppe** *envelope.*

**Envers** *reverse.* (**À l'envers** *inside out.)*

**Environ** *around.*

**Environs** *surroundings.*

**Envoyer** *(to) send.*

**Épais** *thick.*

**Épaule** *shoulder.*

**Épeler** *(to) spell.*

**Épice** *spice.*

**Épicé** *spicy.*

**Épicerie** *grocery.*

**Épidémie** *epidemic.*

**Épingle** *pin.*

**Époque** *epoch, era.*

**Épouvantable** *horrible.*

**Épuisé** *exhausted.*

**Équipage** *crew.*

**Équipe** *team.*

**Équipement** *equipment.*

**Équiper** *(to) equip.*

**Équitation** *riding.*

**Équivalent** *equivalent.*

**Erreur** *error, mistake.*

**Escalade** *climbing.*

**Escale** *stopover.*

**Escalier** *staircase.*

**Escroquerie** *swindle.*

**Espace** *space.*

**Espèces (en)** *in cash.*

**Espérer** *(to) hope.*

**Essayer** *(to) try.*

**Essence** *petrol (US: gasoline).*

**Est** *(point card.)* *east.*

**Estimer** *(to) estimate.*

**Estomac** *stomach.*

**Et** *and.*

**Étage** *floor (US: story).*

**État** *state.*

**État des routes** *traffic news*

**Été** *(saison)* *summer.*

**Éteindre** *(to) put out.*

**Étendre (s')** *(to) lie down.*

**Étoile** *star.*

**Étonner (s')** *(to) be surprised.*

**Étranger** *(nom) stranger, foreigner.*

**Être** *(to) be.*

**Étroit** *tight, narrow.*

**Études** *studies.*

**Europe** *Europe.*

**Européen** *European.*

**Évaluer** *(to) evaluate.*

**Évanouir (s')** *(to) faint.*

**Événement** *event.*

**Éventuellement** *possibly.*

**Évident** *obvious.*

**Éviter** *(to) avoid.*

**Exact** *exact.*

**Examiner** *(to) examine.*

**Excédent** *excess.*

**Excellent** *excellent.*

**Exception** *exception.*

**Excès de vitesse** *exceeding speed.*

**Excursion** *excursion.*

**Excuse** *excuse.*

**Excuser (s')** *(to) excuse oneself.*

**Exemple** *example.*

**Exercer (s')** *(to) practice.*

**Exercice** *exercice.*

**Expédition** *expedition.*

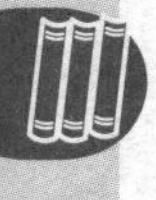

**Expérience** *experience.*

**Expirer** *(to) expire.*

**Expliquer** *(to) explain.*

**Exportation** *exportation.*

**Exposition** *exhibition.*

**Exprès** *on purpose.*

**Express** *express.*

**Extérieur** *exterior.*

**Extincteur** *extinguisher.*

**Extraordinaire** *extraordinary.*

**Fabriqué en** *made in.*

**Face** *face.*
*(***En face de** *facing.)*

**Fâché** *angry.*

**Fâcheux** *unfortunate.*

**Facile** *easy.*

**Façon** *manner.*

**Facteur** *postman (US: mailman).*

**Facture** *bill, invoice.*

**Faible** *weak.*

**Faim** *hunger.*

**Faire** *(to) do, (to) make.*

**– attention** *(to) be careful.*

**– demi-tour** *(to) turn around.*

**– marche arrière** *(to) reverse.*

**Fait** *(nom) fact.*

**Famille** *family.*

**Fatigant** *tiring.*

**Faute** *fault.*

**Faux** *false.*

**Faveur** *favour.*

**Féliciter** *(to) congratulate.*

**Femme** *woman, wife (épouse).*

**Fenêtre** *window.*
**Fer** *iron.*
**Férié (jour)** *public holiday.*
**Ferme** *(adj.) firm, steady.*
– *(nom) farm.*
**Fermer** *(to) close, (to) shut.*
**Fermeture** *closing.*
**Féroce** *ferocious.*
**Ferroviaire** *railway.*
**Fête** *feast.*
**Fêter** *(to) celebrate.*
**Feu** *fire.*
**Feuille** *(d'arbre) leaf.*
– *(de papier) sheet.*
**Feux de signalisation** *traffic lights.*
**Février** *February.*
**Fiancé** *fiancé.*
**Ficelle** *string.*
**Fièvre** *fever.*
**Fil** *thread.*
**Filet** *(pêche) net.*
**Fille** *girl.*
**Film** *film.*
**Fils** *son.*
**Filtre** *filter.*
**Fin** *(adj.) thin, fine.*
– *(nom) end.*
**Firme** *company.*
**Fixer** *(to) fix.*
**Flamme** *flame.*
**Fleur** *flower.*
**Fleurir** *(to) blossom, (to) bloom.*
**Fleuve** *river.*
**Foi** *faith.*
**Foie** *liver.*
**Foire** *fair.*
**Fois** *time.*
**Fonctionnaire** *civil servant.*
**Fonctionner** *(to) function.*
**Fond** *bottom.*
**Force** *force.*
**Forêt** *forest.*
**Formation** *formation.*
**Forme** *form, shape.*
**Former** *(to) form, (to) shape.*
**Formidable** *wonderful.*
**Formulaire** *form.*
**Fort** *(adj.) strong.*
**Fou** *mad.*
**Foulard** *scarf.*
**Foule** *crowd.*
**Fourchette** *fork.*
**Fournir** *(to) provide.*
**Fourrière** *pound.*
**Fourrure** *fur.*
**Fragile** *fragile.*
**Frais** *fresh.*
**Français** *French.*
**France** *France.*

**Frapper** *(to) hit.*
**Fraude** *fraud.*
**Freins** *breaks.*
**Fréquent** *frequent.*
**Frère** *brother.*
**Frire** *(to) fry.*
**Froid** *cold.*
**Fromage** *cheese.*
**Frontière** *frontier.*
**Frotter** *(to) rub.*
**Fruit** *fruit.*
**Fruits de mer** *seafood.*
**Fuite** *leak.*
**Fumé** *smoked.*
**Fumée** *smoke.*
**Fumer** *(to) smoke.*
**Funiculaire** *funicular.*
**Furieux** *furious.*
**Fusible** *fuse.*
**Fusil** *rifle.*
**Futur** *future.*

**Gagner** *(to) win (jeu), (to) earn (argent).*
**Gai** *cheerful.*
**Gain** *earnings.*
**Galerie** *gallery.*
**Gant** *glove.*
**Garage** *garage.*
**Garantie** *guarantee.*
**Garçon** *boy.*
**Garder** *(to) keep.*
**Gardien** *guardian.*
**Gare** *station.*
**Garer (se)** *(to) park.*
**Gasoil** *diesel oil.*
**Gastro-entérite** *gastro-enteritis*
**Gâteau** *cake.*
**Gauche** *left.* (**À gauche** *to the left.)*
**Gaz** *gas.*
**Geler** *(to) freeze.*
**Général** *general.*
**Gens** *people.*
**Gentil** *nice.*
**Gentillesse** *kindness.*
**Gérant** *manager.*
**Gibier** *game.*
**Glace** *ice.*
**Gonfler** *(to) swell.*
**Gorge** *throat.*
**Goût** *taste.*
**Goûter** *(to) taste.*
**Goutte** *drop.*
**G.P.S.** *GPS.*
**Grâce à** *thanks to.*
**Grand** *tall, big, large.*
**Grandeur** *size.*
**Grandir** *(to) grow.*
**Grand-mère** *grandmother.*
**Grand-père** *grandfather.*

**Gras** *fat.*
**Gratuit** *free.*
**Grave** *serious.*
**Grève** *strike.*
**Grille** *grill.*
**Griller** *(to) grill.*
**Grimper** *(to) climb.*
**Grippe** *flu.*
**Gris** *grey.*
**Gros** *large, fat.*
**Grossier** *rough.*
**Grossir** *(to) put on weight.*
**Groupe** *group.*
**Guêpe** *wasp.*
**Guérir** *(to) heal.*
**Guichet** *counter, desk.*
**Guide** *guide.*
**Guider** *(to) guide.*

**Habiller (s')** *(to) dress.*
**Habitant** *inhabitant.*
**Habiter** *(to) live in.*
**Habitude** *habit.*
**Habituellement** *habitually.*
**Habituer (s')** *(to) get used to.*
**Hacher** *(to) mince.*
**Hanche** *hip.*
**Haricot** *bean.*
**Hâte** *haste.*
**Haut** *high.*
**Haut (en)** *above, upstairs.*
**Hauteur** *height.*
**Hebdomadaire** *weekly.*
**Herbe** *grass.*
**Heure** *hour.*
**Heureux** *happy.*
**Heureusement** *luckily.*
**Hier** *yesterday.*
**Histoire** *story, history.*
**Hiver** *winter.*
**Homard** *lobster.*
**Homme** *man.*
**Honnête** *honest.*
**Honneur** *honor.*
**Honoraires** *fees.*
**Honte de (avoir)** *(to) be ashamed of.*
**Hôpital** *hospital.*
**Horaire** *timetable (US: schedule).*
**Horrible** *horrible, nasty.*
**Hors de** *out of.*
**Hors saison** *out of season.*
**Hors taxe** *duty-free.*
**Hospitalité** *hospitality.*
**Hôte** *host.*
**Hôtel** *hotel.*
**Hôtel de ville** *town hall.*
**Hôtesse** *hostess.*
**– de l'air** *air hostess.*
**Huile** *oil.*

**Huître** *oyster.*
**Humeur** *humour, temper.*
**Humide** *humid, damp.*
**Humour** *humour.*
**Hutte** *hut.*

**Ici** *here.*
**Idéal** *ideal.*
**Idée** *idea.*
**Idiot** *idiot.*
**Il** *he, it.*
**Ils** *they.*
**Il y a** *there is, there are.*
**Île** *island.*
**Illégal** *illegal.*
**Image** *image, picture.*
**Imbécile** *fool.*
**Immatriculation** *registration.*
**Immédiat** *immediate.*
**Immeuble** *building.*
**Immigration** *immigration.*
**Immunisation** *immunization.*
**Immunisé** *immunized.*
**Impasse** *blind-alley.*
**Impatient** *impatient.*
**Imperméable** *(adj.)* *waterproof.*
– *(nom)* *raincoat.*
**Important** *important.*
**Importuner** *(to) bother.*
**Impossible** *impossible.*
**Impôt** *(revenu)* *income tax.*
**Impression** *impression.*
**Imprimer** *(to) print.*
**Imprudent** *imprudent.*
**Inadvertance** *inadvertance.*
**Inattendu** *unexpected.*
**Incapable** *incapable.*
**Incendie** *fire.*
**Incertain** *uncertain.*
**Incident** *incident.*
**Inclure** *(to) include.*
**Inclus** *included.*
**Inconfortable** *uncomfortable.*
**Inconnu** *unknown.*
**Inconvénient** *inconvenient.*
**Incroyable** *unbelievable.*
**Indécent** *indecent.*
**Indécis** *undecided.*
**Indépendant** *independent.*
**Indéterminé** *undetermined.*
**Indication** *indication.*
**Indice** *indication.*
**Indigestion** *indigestion.*
**Indiquer** *(to) indicate.*
**Indispensable** *indispensable.*
**Individuel** *individual.*
**Industrie** *industry.*

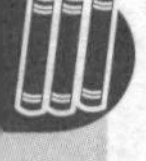

**Inefficace** *ineffective.*
**Inévitable** *inevitable.*
**Infecté** *infected.*
**Infectieux** *infectious.*
**Infirme** *disabled.*
**Infirmière** *nurse.*
**Inflammable** *inflammable.*
**Information** *information.*
**Informer** *(to) inform.*
**Injection** *injection.*
**Injuste** *unfair.*
**Innocent** *innocent.*
**Inoffensif** *inoffensive.*
**Inondation** *flood.*
**Inquiet** *worried.*
**Inscrire** *(to) inscribe, (to) write down.*
**Insecte** *insect.*
**Insecticide** *insecticide.*
**Insignifiant** *insignificant.*
**Insister** *(to) insist.*
**Insolation** *sunstroke.*
**Insomnie** *insomnia.*
**Installation** *installation.*
**Instant** *instant.*
**Institut** *institute.*
**Instruction** *instruction.*
**Instrument** *instrument.*
**Insuffisant** *insufficient.*
**Insuline** *insulin.*
**Insupportable** *unbearable.*
**Intelligence** *intelligence.*
**Intelligent** *intelligent.*
**Intensif** *intensive.*
**Intercontinental** *intercontinental.*
**Intéressant** *interesting.*
**Intéresser (s')** *(to) be interested.*
**Intérêt** *interest.*
**Intérieur (à l')** *inside.*
**Intermédiaire** *intermediary.*
**International** *international.*
**Interprète** *interpreter.*
**Interroger** *(to) examine.*
**Interrompre** *(to) interrupt.*
**Interrupteur** *switch.*
**Interruption** *interruption.*
**Intervalle** *interval.*
**Intonation** *intonation.*
**Inutile** *useless.*
**Inventer** *(to) invent.*
**Inversement** *conversely.*
**Inviter** *(to) invite.*
**Invraisemblable** *unlikely.*
**Irrégulier** *irregular.*
**Irriter** *(to) irritate, (to) annoy.*
**Itinéraire** *itinerary.*
**Ivre** *drunk.*

**Jadis** *formerly*
**Jaloux** *jealous.*
**Jamais** *never.*
**Jambe** *leg.*
**Jambon** *ham.*
**Janvier** *January.*
**Jardin** *garden.*
**Jaune** *yellow.*
**Je** *I.*
**Jetée** *jetty, pier.*
**Jeter** *(to) throw.*
**Jeton** *token.*
**Jeu** *game.*
**Jeudi** *Thursday.*
**Jeun (à)** *with an empty stomach.*
**Jeune** *young.*
**Jeûne** *fast.*
**Jeunesse** *youth.*
**Joaillerie** *jewellery.*
**Joie** *joy.*
**Joindre** *(to) join.*
**Joli** *pretty.*
**Jonction** *junction.*
**Jouer** *(to) play.*
**Jouet** *toy.*
**Jour** *day.*
**Journal** *newspaper.*
**Journée** *day.*
**Joyeux** *merry.*
**Juge** *judge.*
**Juger** *(to) judge.*
**Juillet** *July.*
**Juin** *June.*
**Jumeau** *twin.*
**Jumelles** *binoculars.*
**Jument** *mare.*
**Jupe** *skirt.*
**Jurer** *(to) swear.*
**Juridique** *legal.*
**Jus** *juice.*
**Jusque** *as far as.* (**Jusqu'à ce que** *until now.)*
**Juste** *just, right.*
**Justice** *justice.*

**Kilogramme** *kilogram.*
**Kilomètre** *kilometer.*
**Kiosque** *kiosk (US: stand).*
**Klaxon** *horn, hooter.*

**Là** *there.*
**Là-bas** *over there.*
**Là-haut** *up there.*
**Lac** *lake.*
**Lacet** *lace.*
**Laid** *ugly.*
**Laine** *wool.*
**Laisser** *(to) leave.*
**Laissez-passer** *permit.*
**Lait** *milk.*

**Lampe** *lamp.*
**– de poche** *torch.*
**Langue** *tongue.*
**Lapin** *rabbit.*
**Large** *wide.*
**Largeur** *width.*
**Lavabo** *washbasin.*
**Laver** *(to) wash.*
**Laverie** *laundry.*
**Le, la, les** *the.*
**Leçon** *lesson.*
**Légal** *legal.*
**Léger** *light.*
**Légumes** *vegetables.*
**Lent** *slow.*
**Lentement** *slowly.*
**Lequel, laquelle, lesquel(le)s** *which.*
**Lessive** *washing.*
**Lettre** *letter.*
**Leur** *their.*
**Lever (se)** *(to) get up.*
**Levier** *lever.*
**Lèvre** *lip.*
**Libre** *free, vacant.*
**Licence** *licence.*
**Licite** *licit, lawful.*
**Lier** *(to) bind.*
**Lieu** *place.*
**Ligne** *line.*
**Linge** *laundry.*
**Liquide** *liquid.*
**Lire** *(to) read.*
**Liste** *list.*
**Lit** *bed.*
**Litige** *dispute.*
**Litre** *litre.*
**Livre** *book.*
**Livrer** *(to) deliver.*
**Localité** *locality.*
**Locataire** *tenant.*
**Location** *rental.*
**Location de voitures** *car rental.*
**Loge** *(théâtre) box.*
**Loi** *law.*
**Loin** *far.*
**Loisir** *leisure.*
**Long** *long.*
**Longueur** *length.*
**Lotion** *lotion.*
**Louer** *(voiture) (to) rent.*
**Lourd** *heavy.*
**Loyer** *rent.*
**Lui** *he, it, him, her.*
**Lumière** *light.*
**Lumineux** *luminous.*
**Lundi** *Monday.*
**Lune** *moon.*
**Lunettes** *glasses.*

**Luxe** *luxury.*
**Luxueux** *luxurious.*

**Mâchoire** *jaw.*
**Madame** *Madam, Mrs.*
**Mademoiselle** *Miss.*
**Magasin** *shop.*
**Magnifique** *magnificent.*
**Mai** *May.*
**Maigre** *thin.*
**Maigrir** *(to) lose weight.*
**Maillot de bain** *swimming suit.*
**Main** *hand.*
**Maintenant** *now.*
**Mairie** *town hall.*
**Mais** *but.*
**Maison** *house.*
**Maître d'hôtel** *head waiter.*
**Malade** *ill, sick.*
**Maladie** *disease, illness.*
**Mâle** *male.*
**Malheureusement** *unfortunately.*

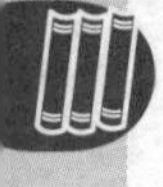

**Malheureux** *unhappy.*
**Malhonnête** *dishonest.*
**Malsain** *unhealthy.*
**Manche** *(vêt.) sleeve.*
**Manger** *(to) eat.*
**Manière** *manner.*
**Manifestement** *obviously.*
**Manque** *lack.*
**Manquer** *(to) lack, (to) miss.*
**Manteau** *coat.*
**Manucure** *(soins) manicure.*
**Maquillage** *make-up.*
**Marchand** *merchant, shopkeeper.*
**Marchander** *(to) bargain.*
**Marchandise** *merchandise, goods.*
**Marcher** *(to) walk.*
**Mardi** *Tuesday.*
**Marée basse** *low tide.*
**– haute** *high tide.*
**Mari** *husband.*
**Mariage** *marriage, wedding.*
**Marié** *married, wed.*
**Marier (se)** *(to) get married.*
**Marin** *sailor.*
**Marine** *navy.*
**Maroquinerie** *leather work.*
**Marque** *brand.*
**Marraine** *godmother.*
**Marron** *brown.*
**Mars** *March.*
**Marteau** *hammer.*
**Masculin** *masculine.*

**Masque** *mask.*
**Massage** *massage.*
**Match** *match.*
**Matelas** *mattress.*
**Matériel** *material.*
**Matin** *morning.*
**Mauvais** *bad.*
**Maximum** *maximum.*
**Mécanicien** *mechanic.*
**Mécanisme** *mechanism.*
**Méchant** *nasty.*
**Mécontent** *displeased.*
**Médecin** *doctor.*
**Médical** *medical.*
**Médicament** *drug, medicine.*
**Médiocre** *mediocre.*
**Méfier (se)** *(to) distrust.*
**Meilleur** *better.*
**Meilleur (le)** *the best.*
**Mélange** *mixture.*
**Mélanger** *(to) mix.*
**Membre** *member.*
**Même** *same.*
**Mensonge** *lie.*
**Menstrues** *(règles) menses.*
**Mensuel** *(adj.) monthly.*
**Mentir** *(to) lie.*
**Menu** *menu.*
**Mer** *sea.*
**Merci** *thank you.*
**Mercredi** *Wednesday.*
**Mère** *mother.*
**Merveilleux** *marvellous.*
**Message** *message.*
**Messe** *mass.*
**Mesure** *measure.*
**Mesurer** *(to) measure.*
**Métal** *metal.*
**Météo** *(bulletin) weather forecast.*
**Mètre** *metre.*
**Métro** *underground, tube (US: subway).*
**Mettre** *(to) put.*
**Meuble** *furniture.*
**Meublé** *furnished.*
**Meurtre** *murder.*
**Microbe** *germ.*
**Midi** *midday, noon.*
**Mieux** *better,*
**Migraine** *migraine, headache.*
**Milieu** *middle.*
**Milieu de (au...)** *amongst,*
**Mille** *(nombre) thousand,*
*– (anglais) mile.*
**Million** *million.*
**Mince** *thin.*
**Minimum** *minimum.*
**Minuit** *midnight.*
**Minute** *minute.*

**Miroir** *mirror.*
**Mode** *fashion,*
**– d'emploi** *directions for use.*
**Modèle** *model.*
**Moderne** *modern.*
**Moi** *me.*
**Moins** *less.*
(**Au moins** *at least.)*
**Mois** *month.*
**Moitié** *half.*
**Moment** *moment.*
**Mon, ma, mes** *my.*
**Monastère** *monastery.*
**Monde** *world.*
**Monnaie** *change.*
**Monsieur** *Mister, Sir.*
**Montagne** *mountain.*
**Montant** *amount.*
**Montre** *watch.*
**Montrer** *(to) show.*
**Monument** *monument.*
**Morceau** *piece, bit,*

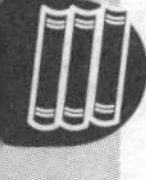

**Mort** *death.*
**Mosquée** *mosque.*
**Mot** *word.*
**Moteur** *motor.*
**Moto** *motorbike.*
**Mou** *soft.*
**Mouche** *fly.*
**Mouchoir** *handkerchief.*
**Mouillé** *wet.*
**Moule** *mussel.*
**Mourir** *(to) die.*
**Moustiquaire** *mosquito net.*
**Moustique** *mosquito.*
**Moutarde** *mustard.*
**Mouton** *(animal) sheep.*
– *(viande) mutton.*
**Mouvement** *movement.*
**Moyen de transport** *means of transport.*
**Mur** *wall.*
**Mûr** *ripe.*
**Musée** *museum.*
**Musique** *music.*

**Nage** *swimming.*
**Nager** *(to) swim.*
**Naissance** *birth.*
**Naître** *(to) be born.*
**Nappe** *table-cloth.*
**Natation** *swimming.*
**Nationalité** *nationality.*
**Nature** *nature.*
**Naturel** *natural.*
**Naufrage** *shipwreck.*
**Nausée** *nausea.*
**Navigation** *navigation.*
**Navire** *ship.*
**Né** *born.*
**Nécessaire** *necessary.*

**Nécessité** *necessity.*
**Nef** *nave.*
**Négatif** *negative.*
**Négligent** *negligent.*
**Neige** *snow.*
**Neiger** *(to) snow.*
**Nerveux** *nervous.*
**Nettoyer** *(to) clean.*
**Neuf** *(adj.)* *new.*
– *(nombre)* *nine.*
**Neveu** *nephew.*
**Nez** *nose.*
**Nièce** *niece.*
**Nier** *(to) deny.*
**Niveau** *level.*
**Noël** *Christmas.*
**Nœud** *nod.*
**Noir** *black.*
**Nom** *name.*
– **de famille** *surname.*
**Nombre** *number.*
**Nombreux** *numerous.*
**Non** *no.*
**Nord** *north.*
– **-est** *north-east.*
– **-ouest** *north-west.*
**Normal** *normal.*
**Note** *note.*
**Notre** *our.*
**Nourrissant** *nourishing.*
**Nourriture** *food.*
**Nous** *we.*
**Nouveau** *new.*
**Nouvel An** *New Year.*
**Nouvelles** *news.*
**Novembre** *November.*
**Noyau** *stone.*
**Noyer** *(to) drown.*
**Nuage** *cloud.*
**Nuire** *(to) prejudice, (to) harm.*
**Nuisible** *harmful.*
**Nuit** *night.*
**Nulle part** *nowhere.*
**Numérique** *digital.*
**Numéro** *number.*
**Numéroter** *(to) number.*

**Objectif** *(adj.)* *objective.*
– *(photo)* *lens.*
**Objet** *object.*
**Obligation** *obligation.*
**Obligatoire** *obligatory.*
**Obscur** *obscure.*
**Observer** *(to) observe.*
**Obtenir** *(to) obtain.*
**Occasion** *occasion.*
**Occupé** *occupied, busy.*
**Océan** *ocean.*
**Octobre** *October.*
**Odeur** *smell, odour.*

**Œil** *eye.*
**Œuf** *egg.*
**Œuvre** *work.*
**Offense** *offense.*
**Office** *office.*
**Office du tourisme** *tourist office.*
**Officiel** *official.*
**Offrir** *(to) offer.*
**Oiseau** *bird.*
**Ombre** *shade, shadow.*
**Omelette** *omelette.*
**Omission** *omission.*
**On** *one.*
**Oncle** *uncle.*
**Ongle** *nail.*
**Opéra** *opera.*
**Opération** *operation.*
**Opérer** *(to) operate.*
**Opinion** *opinion.*
**Opportun** *opportune.*
**Opticien** *optician.*
**Or** *gold.*
**Orage** *storm.*
**Orange** *orange.*
**Orchestre** *orchestra.*
**Ordinaire** *ordinary.*
**Ordinateur** *computer.*
**Ordonnance** *prescription.*
**Ordre** *order.*
**Ordures** *trash, rubbish.*
**Oreiller** *pillow.*
**Oreilles** *ears.*
**Organisation** *organization.*
**Organiser** *(to) organize.*
**Orientation** *orientation.*
**Originaire de (être...)** *(to) come from.*
**Original** *original.*
**Orteil** *toe.*
**Orthographe** *spelling.*
**Os** *bone.*
**Oser** *(to) dare.*
**Ôter** *(to) take off.*
**Ou** *or.*
**Où** *where.*
**Oublier** *(to) forget.*
**Ouest** *west.*
**Oui** *yes.*
**Outil** *tool.*
**Ouvert** *open.*
**Ouvre-boîtes** *tin opener (US: can opener).*
**Ouvrir** *(to) open.*

**Page** *page.*
**Paiement** *payment.*
**Paillasson** *doormat.*
**Paille** *straw.*
**Pain** *bread.*
**Paire** *pair.*
**Paix** *peace.*

**Palais** *palace.*
**Pâle** *pale.*
**Palmes** *(nat.)* *flippers.*
**Pamplemousse** *grapefruit.*
**Panier** *basket.*
**Panne** *breakdown.*
**Panneau** *notice board.*
**Pansement** *dressing, bandage.*
**Pantalon** *trousers, slacks.*
**Papeterie** *stationery.*
**Papier** *paper.*
**– d'emballage** *wrapping paper.*
**– à lettres** *writing paper.*
**– hygiénique** *toilet paper.*
**Papiers** *(documents)* *papers, documents.*
**Papillon** *butterfly.*
**Paquebot** *steamer.*
**Pâques** *Easter.*
**Paquet** *packet, parcel.*
**Par** *by.*
**Paraître** *(to) appear.*
**Parapluie** *umbrella.*
**Parasol** *parasol.*
**Paravent** *screen.*
**Parc** *park.*
**Parce que** *because.*
**Parcmètre** *parkingmeter.*
**Par-dessus** *over.*
**Pardessus** *overcoat.*
**Pardon** *sorry, pardon.*
**Pardonner** *(to) forgive.*
**Pareil** *same.*
**Parents** *parents.*
**Paresseux** *lazy.*
**Parfait** *perfect.*
**Parfum** *perfume, scent.*
**Pari** *bet.*
**Parier** *(to) bet.*
**Parking** *parking lot.*
**Parlement** *parliament.*
**Parler** *(to) talk, (to) speak.*
**Parmi** *among.*
**Parrain** *godfather.*
**Part** *part, share.*
**Partager** *(to) share.*
**Parti** *(part. passé)* *left.*
**Partir** *(to) leave.*
**Partout** *everywhere.*
**Pas** *step.*
**Pas** *(négation)* *not.*
**Passage à niveau** *level crossing.*
**– souterrain** *subway.*
**Passager** *passenger.*
**Passé** *past.*
**Passeport** *passport.*
**Passer** *(to) pass.*
**Passe-temps** *hobby.*

**Passionnant** *fascinating.*
**Pasteur** *minister.*
**Pastille** *pastille, lozenge.*
**Pâte** *paste.*
**Patient** *patient.*
**Patienter** *(to) wait.*
**Patinage** *skating.*
**Pâtisserie** *pastry.*
**Patrie** *native country.*
**Patron** *boss.*
**Paupière** *eyelid.*
**Pause** *pause.*
**Pauvre** *poor.*
**Payable** *payable.*
**Payer** *(to) pay.*
**Pays** *country.*
**Paysage** *countryside, landscape.*
**Péage** *toll.*
**Peau** *skin.*
**Pêche** *(fruit) peach.*
– *(poisson) fishing.*
**Pêcher** *(to) fish.*
**Pêcheur** *fisherman.*
**Pédicure** *pedicure.*
**Peigne** *comb.*
**Peindre** *(to) paint.*
**Peine** *sorrow.*
(**À peine** *hardly.)*
**Peintre** *painter, artist.*
**Pelle** *shovel.*

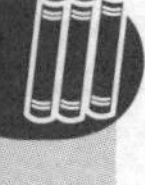

**Pellicule** *(film) film.*
– *(cheveux) dandruff.*
**Pendant** *during.*
**Penderie** *wardrobe.*
**Pendule** *clock.*
**Penser** *(to) think.*
**Pension** *pension.*
**Pente** *slope.*
**Pentecôte** *Pentecost.*
**Pépin** *(fruit) pip.*
**Perdre** *(to) lose.*
**Père** *father.*
**Périmé** *expired.*
**Période** *period.*
**Périphérique** *ring road (US: circular route).*
**Perle** *pearl.*
**Permanent** *permanent.*
**Permettre** *(to) allow, (to) permit.*
**Permis de conduire** *driving licence*
**Permission** *permission.*
**Personne** *(pronom) nobody.*
– *(nom) person.*
**Personnel** *personal.*
**Persuader** *(to) persuade.*
**Perte** *loss.*
**Peser** *(to) weigh.*
**Petit** *small.*

**Petit déjeuner** *breakfast.*
**Petite-fille** *granddaughter.*
**Petit-fils** *grandson.*
**Petits-enfants** *grandchildren.*
**Peu** *little, few.*
**Peuple** *people.*
**Peur** *fear.*
**Peut-être** *perhaps (US: maybe).*
**Pharmacie** *chemist, pharmacy.*
**Photocopie** *photocopy.*
**Photographie** *picture.*
**Phrase** *sentence.*
**Pickpocket** *pickpocket.*
**Pièce de monnaie** *coin.*
**– de rechange** *spare part.*
**– de théâtre** *play.*
**Pied** *foot.*
**Pierre** *stone.*
**Piéton** *pedestrian.*
**Pile** *battery.*
**Pilote** *pilot.*
**Pilule** *pill.*
**Pince** *(outil)* pliers.
**Pince à épiler** *tweezers.*
**– à linge** *clothes peg.*
**Pinceau** *paintbrush.*
**Pipe** *pipe.*
**Piquer** *(to) prick.*
**Piqûre** *injection.*
**Pire** *worse.*
**Pire (le)** *the worst.*
**Piscine** *pool, swimming pool.*
**Piste** *track, run.*
**Pitié** *pity, compassion.*
**Pittoresque** *picturesque.*
**Placard** *cupboard.*
**Place** *place.*
– *(village)* *square.*
**– réservée** *seat.*
**Plafond** *ceiling.*
**Plage** *beach.*
**Plaindre (se)** *(to) complain.*
**Plaine** *plain.*
**Plainte** *complaint.*
**Plaire** *(to) please.*
**Plaisanter** *(to) joke.*
**Plaisir** *pleasure.*
**Plan** *plan, map.*
**Plancher** *floor.*
**Plante** *plant.*
**Plat** *(nom)* *dish.*
– *(adj.)* *flat.*
**Plateau** *(géo.) plateau.*
– *(cuis.)* tray.
**Plein** *full.*
**Pleurer** *(to) cry.*
**Pleuvoir** *(to) rain.*
**Plier** *(to) fold, (to) bend.*

**Plomb** *lead.*
**Plonger** *(to) dive.*
**Pluie** *rain.*
**Plume** *feather.*
**Plus ou moins** *more or less.*
**Plus que** *more than.*
**Plusieurs** *several.*
**Plutôt** *rather.*
**Pneu** *tyre.*
**Pneumonie** *pneumonia.*
**Poche** *pocket.*
**Poêle** *stove.*
**Poids** *weight.*
**Poignet** *wrist.*
**Point** *point, spot.*
**Pointe** *point.*
**Pointu** *sharp.*
**Pointure** *size.*
**Poire** *pear.*
**Poison** *poison.*
**Poisson** *fish.*
**Poissonnier** *fishmonger.*

**Poitrine** *chest.*
**Poivre** *pepper.*
**Poli** *polite.*
**Police** *police.*
**Politesse** *courtesy.*
**Politique** *politics.*
**Pommade** *ointment.*
**Pomme** *apple.*
**Pompe** *pump.*
**Pompier** *fireman.*
**Pont** *bridge.*
**Populaire** *popular.*
**Population** *population.*
**Porc** *(animal) pig.*
– *(viande) pork.*
**Porcelaine** *porcelain.*
**Port** *harbour, port.*
**Portail** *gate.*
**Portatif** *portable.*
**Porte** *door.*
**Porte-clefs** *key ring.*
**Porte-documents** *briefcase.*
**Portefeuille** *wallet.*
**Portemanteau** *coatstand.*
**Porte-monnaie** *purse.*
**Porter** *(to) carry.*
**Porteur** *porter.*
**Portier** *doorman.*
**Portion** *portion.*
**Portrait** *portrait.*
**Poser** *(to) put (down).*
**Position** *position.*
**Posséder** *(to) possess.*
**Possession** *possession.*
**Possibilité** *possibility.*
**Possible** *possible.*
**Poste** *post office.*
**– de police** *police station.*

**Pot** *pot.*
**Potable** *drinkable.*
**Potage** *soup.*
**Poteau** *pole.*
**Poterie** *pottery.*
**Poubelle** *dustbin (US: garbage can, trash can).*
**Pouce** *(mesure) inch.*
– *(doigt) thumb.*
**Poudre** *powder.*
**Poulet** *chicken.*
**Poupée** *doll.*
**Pour** *for.*
– **quoi** *what for.*
**Pourboire** *tip.*
**Pourcentage** *percentage.*
**Pourquoi** *why.*
**Pourri** *rotten.*
**Pourtant** *nevertheless.*
**Pousser** *(to) push.*
**Poussière** *dust.*
**Pouvoir** *(to) be able.*
**Pratique** *(adj.) practical.*
**Pratiquer** *(to) practise.*
**Pré** *field.*
**Précaution** *precaution.*
**Précieux** *precious.*
**Précision** *precision.*
**Préférence** *preference.*
**Préférer** *(to) prefer.*
**Premier** *first.*
**Premiers secours** *first aid.*
**Prendre** *(to) take.*
**Prénom** *Christian name.*
**Préoccupé** *worried.*
**Préparé** *prepared.*
**Préparer (se)** *(to) get ready.*
**Près de** *near.*
**Présenter** *(to) present.*
**Préservatif** *preservative, condom.*
**Presque** *nearly.*
**Pressé** *in a hurry.*
**Presser** *(to) squeeze.*
**Prêt** *ready.*
**Prêter** *(to) lend.*
**Prétexte** *pretext.*
**Prêtre** *priest.*
**Preuve** *proof.*
**Prévenir** *(to) warn.*
**Prévisions météo** *weather forecast.*
**Prévu** *planned.*
**Prier** *(to) pray.*
**Prière** *prayer.*
**Prince** *prince.*
**Princesse** *princess.*
**Principal** *principal, main.*
**Printemps** *spring.*
**Prison** *jail, prison.*

**Privé** *private.*
**Prix** *price.*
**Probabilité** *probability.*
**Probable** *probable, likely.*
**Problème** *problem.*
**Prochain** *next.*
**Prochainement** *soon.*
**Proche** *(nom) next of kin.*
**Procuration** *procuration.*
**Procurer** *(to) provide.*
**Produire** *(to) produce.*
**Produit** *product.*
**Professeur** *professor, teacher.*
**Profession** *profession, trade.*
**Profond** *deep.*
**Programme** *program.*
**Progrès** *progress.*
**Projet** *project.*
**Prolonger** *(to) prolong.*
**Promenade** *walk.*
**Promesse** *promise.*

**Promettre** *(to) promise.*
**Promotion** *promotion.*
**Prononcer** *(to) pronounce.*
**Prononciation** *pronounciation.*
**Propos de (à)** *regarding.*
**Proposer** *(to) suggest, (to) propose.*
**Proposition** *proposition.*
**Propre** *(à soi) own.*
– *(net) clean.*
**Propriétaire** *owner, landlord.*
**Propriété** *property.*
**Prospectus** *leaflet.*
**Prostituée** *prostitute.*
**Protection** *protection.*
**Protestant** *protestant.*
**Protester** *(to) protest.*
**Prouver** *(to) prove.*
**Provisions** *provisions.*
**Provisoire** *provisional.*
**Proximité** *proximity.*
**Prudent** *prudent, careful.*
**Public** *public.*
**Publicité** *publicity.*
**Puce** *flea.*
**Puis** *then.*
**Puissant** *strong, powerful.*
**Puits** *well.*
**Pur** *pure.*
**Pus** *pus.*

**Quai** *quay, platform.*
**Qualité** *quality.*
**Quand** *when.*
**Quantité** *quantity.*
**Quart** *quarter.*
**Quartier** *area, district.*

**Que** *that.*
**Quel, quelle** *which.*
**Quelque chose** *something.*
**Quelquefois** *sometimes.*
**Quelque part** *somewhere.*
**Quelques** *some, a few.*
**Quelqu'un** *somebody, someone.*
**Querelle** *quarrel.*
**Question** *question.*
**Queue** *tail.*
**Qui** *who, which.*
**Quiconque** *whoever.*
**Quincaillerie** *hardware.*
**Quittance** *receipt.*
**Quitter** *(to) leave.*
**Quoi** *what.*
**Quoique** *even though.*
**Quotidien** *daily.*

**Rabbin** *rabbi.*
**Raccommoder** *(to) mend.*
**Raccourcir** *(to) shorten.*
**Raconter** *(to) tell.*
**Radiateur** *radiator.*
**Radio** *radio.*
**Radiographie** *x-ray.*
**Rafraîchissement** *refreshment.*
**Rage** *rabies.*
**Raide** *stiff.*
**Raisin** *grape.*
**Raison** *reason.*
**Raisonnable** *reasonable.*
**Ramer** *(to) row.*
**Randonnée** *trekking.*
**Rang** *row.*
**Rapide** *fast.*
**Rappeler** *(to) recall.*
**Raquette** *racket.*
**Rare** *rare.*
**Raser (se)** *(to) shave.*
**Rasoir** *razor.*
**Rat** *rat.*
**Ravi** *delighted.*
**Ravissant** *ravishing.*
**Rayon** *(magasin) display.*
– *(soleil) ray.*
**Réalité** *reality.*
**Récemment** *recently.*
**Récépissé** *receipt.*
**Réception** *(hôtel) reception.*
– *(fête) party.*
**Recevoir** *(to) receive.*
**Rechange** *replacement.*
**Recharger** *(to) refill.*
**Réchaud** *cooker.*
**Recherche** *search.*
**Récipient** *container.*
**Réclamer** *(to) protest.*

**Recommandation** *recommendation.*
**Recommander** *(to) recommend.*
**Récompense** *prize, reward.*
**Reconnaître** *(to) recognize.*
**Rectangulaire** *rectangular.*
**Reçu** *receipt.*
**Recueillir** *(to) collect.*
**Réduction** *reduction.*
**Réel** *true, real.*
**Refuser** *(to) refuse.*
**Regard** *look, glance.*
**Regarder** *(to) look at.*
**Régime** *diet.*
**Région** *area.*
**Règle** *rule.*
**Règlement** *(argent) payment.*
– *(loi) rule.*
**Régler** *(to) pay.*
**Regret** *regret.*
**Regretter** *(to) regret.*
**Régulier** *regular.*
**Régulièrement** *regularly.*
**Reine** *queen.*
**Réjouir (se)** *(to) rejoice.*
**Relation** *relationship.*
**Relier** *(to) connect.*
**Religieuse** *nun.*
**Religion** *religion.*
**Remboursement** *repayment, refund.*
**Rembourser** *(to) refund.*
**Remède** *remedy.*
**Remerciement** *thanks.*
**Remercier** *(to) thank.*
**Remise** *remittance.*
**Remorquer** *(to) tow.*
**Remplacer** *(to) replace.*
**Remplir** *(to) fill.*
**Remuer** *(to) move.*
**Rencontrer** *(to) meet.*
**Rendez-vous** *meeting.*
**Rendre** *(to) return, (to) give back.*
**Renseignement** *information.*
**Renseigner (se)** *(to) find out.*
**Réparation** *repair.*
**Réparer** *(to) repair.*
**Repas** *meal.*
**Repasser** *(to) iron.*
**Répéter** *(to) repeat.*
**Répondeur** *answering machine.*
**Répondre** *(to) reply, (to) answer.*
**Réponse** *reply, answer.*
**Repos** *rest.*
**Reposer (se)** *(to) relax.*

**Représentation** *representation.*

**Réserver** *(to) book, (US: [to] reserve).*

**Résoudre** *(to) solve.*

**Respecter** *(to) respect.*

**Respirer** *(to) breathe.*

**Responsable** *responsible.*

**Restaurant** *restaurant.*

**Rester** *(to) stay, (to) remain.*

**Résultat** *result.*

**Retard** *delay.*

**Retarder** *(to) delay.*

**Retenir** *(to) detain.*

**Retour** *return.*

**Rêve** *dream.*

**Réveil** *awakening.*

**Réveiller** *(to) awake.*

**Revenir** *(to) come back, (to) return.*

**Revue** *magazine.*

**Rez-de-chaussée** *ground floor (US: first floor).*

**Rhume** *cold.*

**Rhumatisme** *rhumatism.*

**Riche** *rich.*

**Richesse** *wealth.*

**Rideau** *curtain.*

**Rien** *nothing.*

**Rire** *(to) laugh.*

**Rivière** *river.*

**Riz** *rice.*

**Robe** *dress.*

**Robinet** *tap (US: faucet).*

**Rocher** *rock.*

**Roi** *king.*

**Rond** *round.*

**Rond-point** *roundabout (US: traffic-circle).*

**Rose** *rose.*

**Rôti** *roast.*

**Rôtir** *(to) roast.*

**Roue** *wheel.*

**Rouge** *red.*

**Rouler** *(to) roll.*

**Route** *road.*

**Royal** *royal.*

**Rue** *street, road.*

**Ruelle** *alley.*

**Ruisseau** *stream.*

**Rumeur** *rumour.*

**Rupture** *rupture.*

**Rusé** *sly.*

**Sa** *his, her, its.*

**Sable** *sand.*

**Sac** *bag.*

**Saignement** *bleeding.*

**Saigner** *(to) bleed.*

**Saint** *saint.*

**Saisir** *(to) seize.*

**Saison** *season.*
**Salade** *salad.*
**Sale** *dirty.*
**Saleté** *dirt.*
**Salle** *room.*
**– à manger** *dining room.*
**– d'attente** *waiting room.*
**– de bain** *bathroom,*
**– de concert** *concert hall.*
**Salon** *drawing room, living room.*
**Saluer** *(to) hail.*
**Salut !** *hello! (US: hi!).*
**Samedi** *Saturday.*
**Sandwich** *sandwich.*
**Sang** *blood.*
**Sans** *without.*
**Sans fil** *(électrique) cordless.*
– *(Internet) wireless.*
**Sans plomb** *unleaded.*
**Santé** *health.*
**Satisfait** *satisfied.*
**Sauf** *except.*
**Sauter** *(to) jump.*
**Sauvage** *wild.*
**Sauver** *(to) save.*
**Sauvetage** *life saving.*
**Savoir** *(to) know.*
**Savon** *soap.*
**Sec** *dry.*
**Sécher** *(to) dry.*
**Seconde** *second.*
**Secouer** *(to) shake.*
**Secourir** *(to) help.*
**Secours** *help.*
**Secret** *secret.*
**Secrétaire** *secretary.*
**Sécurité** *security.*
**Séjour** *stay.*
**Séjourner** *(to) stay.*
**Sel** *salt.*
**Semaine** *week.*
**Semelle** *sole.*
**Sens** (*du corps*) *sense.*
– (*signification*) *meaning.*
**Sentier** *path.*
**Sentiment** *feeling.*
**Sentir** *(to) feel.*
**Séparer** *(to) separate.*
**Septembre** *September.*
**Sermon** *sermon.*
**Serpent** *snake.*
**Serré** *tight.*
**Serrure** *lock.*
**Serveur** *waiter.*
**Service** *service.*
**Serviette** *towel.*
**Servir** *(to) serve.*
**Seul** *alone, single.*
**Seulement** *only.*
**Sexe** *sex.*

**Si** *if.*
**Siège** *seat.*
**Signal** *signal.*
**Signalement** *description.*
**Signaler** *(to) point out.*
**Signature** *signature.*
**Signe** *sign.*
**Signer** *(to) sign.*
**Signification** *signification, meaning.*
**Signifier** *(to) signify, (to) mean.*
**Silence** *silence.*
**Silencieux** *quiet.*
**Simple** *simple.*
**Sincère** *sincere.*
**Sinon** *otherwise.*
**Sirène** *alarm.*
**Site** *site.*
**Situation** *situation.*
**Skier** *(to) ski.*
**Slip** *briefs.*
**Sobre** *sober.*
**Sœur** *sister.*
**Soie** *silk.*
**Soif** *thirst.*
**Soigner** *(to) heal.*
**Soin** *care.*
**Soir** *evening.*
**Soirée** *evening.*
**Sol** *floor.*
**Soldat** *soldier.*
**Soldes** *sales.*
**Soleil** *sun.*
**Solide** *solid.*
**Sombre** *dark.*
**Somme** *sum.*
**Sommeil** *sleep.*
**Sommet** *summit.*
**Somnifère** *sleeping pill.*
**Son** *(bruit) sound.*
– *(poss.) his, her, its.*
**Sonneries** *ringtones.*
**Sonnette** *bell.*
**Sorte** *kind.*
**Sortie** *exit, way out.*
**Sortir** *(to) go out.*
**Souci** *worry.*
**Soucieux** *worried.*
**Soudain** (*adj.*) *sudden.*
**Souffle** *breath.*
**Souffrir** *(to) suffer.*
**Soulever** *(to) lift.*
**Soupe** *soup.*
**Sourd** *deaf.*
**Souris** *mouse.*
**Sous** *under.*
**Sous-vêtement** *underwear.*
**Soutien** *support.*
**Souvenir** *souvenir.*
**Souvent** *often.*

**Spécial** *special.*

**Spectacle** *performance.*

**Spectateur** *spectator.*

**Splendide** *splendid.*

**Sport** *sport.*

**Stade** *stadium.*

**Station** *station.*

**– thermale** *spa.*

**Stationnement** *parking.*

**Stationner** *(to) park.*

**Stop** *stop.*

**Stupide** *stupid.*

**Succès** *success.*

**Succursale** *branch.*

**Sucre** *sugar.*

**Sucré** *sweet.*

**Sud** *south,*

**– -est** *south-east.*

**– -ouest** *south-west.*

**Suffire** *(to) be sufficient.* (**Ça suffit** *that's enough.)*

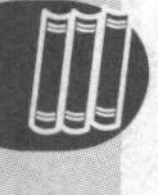

**Suite** *continuation.*

**Suivant** *next, following.*

**Suivre** *(to) follow.*

**Sujet** *subject.*

**Superflu** *unnecessary.*

**Supplément** *supplement.*

**Supporter** *(to) support, (to) bear.*

**Supposer** *(to) presume, (to) imagine.*

**Supposition** *supposition.*

**Suppression** *suppression*

**Sur** *on.*

**Sûr** *sure.*

**Surcharge** *overload.*

**Sûrement** *surely.*

**Surprise** *surprise.*

**Surtaxe** *surcharge.*

**Surveillant** *supervisor.*

**Suspendre** *(to) hang.*

**Système électronique** *electronic device*

**Ta** *your.*

**Tabac** *tobacco.*

**Table** *table.*

**Tableau** *painting, picture.*

**Tabouret** *stool.*

**Tache** *spot.*

**Taché** *spotted.*

**Taille** *(partie du corps) waist.*

– *(grandeur) size.*

**Taire (se)** *(to) keep silent.*

**Talon** *heel.*

**Tant que** *so long as.*

**Tante** *aunt.*

**Tard** *late.*

**Tarif** *fare, tariff.*

**Tasse** *cup.*

**Taureau** *bull.*

**Taux de change** *exchange rate.*

**Taxe** *tax.*

**Taxi** *taxi.*

**Teinte** *shade.*

**Teinture** *dye.*

**Teinturier** *dry-cleaner.*

**Tel** *such.*

**Télécopie** *fax.*

**Télégramme** *telegram.*

**Télégraphier** *(to) telegraph.*

**Téléphone** *telephone.*

**Téléphone portable** *mobile phone, cell phone.*

**Téléphoner** *(to) ring, (to) call, (to) phone.*

**Télévision** *television.*

**Témoignage** *testimony.*

**Témoin** *witness.*

**Température** *temperature.*

**Tempête** *storm.*

**Temps** *(durée)* *time.*

– *(climat)* *weather.*

**Tendre** *(cœur)* *tender.*

**Tendre** *(to) tighten.*

**Tenir** *(to) hold.*

**Tension** *pressure.*

– **artérielle** *blood pressure.*

**Tente** *tent.*

**Terminer** *(to) finish.*

**Terminus** *terminus.*

**Terrain de camping** *camping ground.*

– **de jeux** *playground.*

**Terre** *earth.*

**Terrible** *terrible.*

**Tête** *head.*

**Thé** *tea.*

**Thermomètre** *thermometer.*

**Timbre** *stamp.*

**Timide** *shy, timid.*

**Tir** *shooting.*

**Tire-bouchon** *corkscrew.*

**Tirer** *(to) pull.*

**Tiroir** *drawer.*

**Tissu** *fabric, material.*

**Toi** *you.*

**Toile** *canvas.*

**Toilettes** *toilets.*

**Toit** *roof.*

**Tomate** *tomato.*

**Tomber** *(to) fall.*

**Ton** *your.*

**Tonne** *ton.*

**Torchon** *cloth.*

**Tôt** *early.*

**Total** *total.*

**Toucher** *(to) touch.*

**Toujours** *always, ever.*

**Tour** (*tournée*) *tour.*

– (*bâtiment*) tower.

**Tourisme** *tourism.*

**Touriste** *tourist.*

**Tourner** *(to) turn.*

**Tout, toute, tous, toutes** *all.*

**Tout de suite** *at once.*

**Toux** *cough.*

**Toxique** *toxic.*

**Traditionnel** *traditional.*

**Traduction** *translation.*

**Traduire** *(to) translate.*

**Train** *train.*

**Traitement** *treatment.*

**Trajet** *way.*

**Tranche** *slice.*

**Tranquille** *quiet.*

**Tranquillisant** *tranquillizer.*

**Transférer** *(to) transfer.*

**Transformateur** *transformer.*

**Transit** *transit.*

**Transmission** *transmission.*

**Transparent** *transparent.*

**Transpirer** *(to) sweat.*

**Transporter** *(to) transport, (to) carry.*

**Travail** *work.*

**Travailler** *(to) work.*

**Travers (à)** *through.*

**Traversée** *crossing.*

**Trempé** *soaked.*

**Très** *very, most.*

**Triangle** *triangle.*

**Tribord** *starboard.*

**Tribunal** *court, tribunal.*

**Troisième** *third.*

**Tromper (se)** *(to) make a mistake.*

**Trop** *too much, too many.*

**Trottoir** *pavement (US: sidewalk).*

**Trousse de toilette** *toilet bag.*

**– de secours** *first-aid box.*

**Trouver** *(to) find.*

**Tu** *you.*

**Tunnel** *tunnel.*

**Tuyau** *pipe, tube.*

**Typique** *typical.*

**Ulcère** *ulcer.*

**Un, une** *(nombre) one.*

– *(article) a(n).*

**Uniforme** *uniform.*

**Unique** *unique.*

**Urgence** *emergency.*

**Urgent** *urgent.*

**Urine** *urine.*

**Usage** *use.*

**Usine** *factory, plant.*

**Ustensile** *utensil.*
**Usuel** *usual.*
**Utile** *useful.*
**Utiliser** *(to) use.*

**Vacances** *holidays.*
**Vaccin** *vaccine.*
**Vaccination** *vaccination.*
**Vache** *cow.*
**Vague** *(nom) wave.*
**Vaisselle** *crockery.*
**Valable** *valid.*
**Valeur** *value.*
**Valide** *valid.*
**Validité** *validity.*
**Valise** *suitcase.*
**Vallée** *valley.*
**Valoir** *(to) be worth.*
**Varié** *varied.*
**Variété** *variety.*
**Veau** *(animal) calf.*
– *(viande) veal.*
**Végétarien** *vegetarian.*
**Véhicule** *vehicle.*
**Velours** *velvet.*
**Vendeur** *salesman.*
**Vendre** *(to) sell.*
**Vendredi** *Friday.*
**Vendu** *sold.*
**Venir** *(to) come.*
**Vent** *wind.*
**Vente** *sale.*
**Ventilateur** *ventilator.*
**Ventre** *stomach.*
**Vérifier** *(to) check, (to) verify.*
**Vérité** *truth.*
**Verre** *glass.*
**Verrou** *lock.*
**Vers** *towards.*
**Vertiges** *dizziness.*
**Vestiaire** *cloakroom.*
**Vêtements** *clothes.*
**Veuf** *widower.*
**Veuve** *widow.*
**Vexé** *upset.*
**Viande** *meat.*
**Vide** *(adj.) empty.*
**Vider** *(to) empty.*
**Vieux** *old.*
**Vignoble** *vineyard.*
**Vigoureux** *vigorous.*
**Villa** *villa.*
**Village** *village.*
**Ville** *town.*
**Vin** *wine.*
**Vinaigre** *vinegar.*
**Virement** *transfer.*
**Virer** *(to) transfer.*
**Vis** *screw.*
**Visa** *visa.*
**Visage** *face.*

**Visibilité** *visibility.*

**Visible** *visible.*

**Visite** *visit.*

**Vite** *quick, quickly.*

**Vitesse** *speed.*

**Vitre** *window pane.*

**Vitrine** *shop window.*

**Vivant** *lively, alive.*

**Vivre** *(to) live.*

**Voie** *route.*

**Voir** *(to) see.*

**Voisin** *neighbour.*

**Voiture** *car (US: automobile).*

**Voie de détresse** *escape lane.*

**Voix** *voice.*

**Voler** *(to) steal.*

**Voleur** *thief, robber.*

**Volonté** *will.*

**Volontiers** *with pleasure.*

**Votre, vos** *your.*

**Vous** *you.*

**Voyage** *journey, trip.*

**Voyager** *(to) travel.*

**Voyageur** *traveller.*

**Vrai** *true, real.*

**Vraiment** *really.*

**Vue** *view.*

**Vulgaire** *vulgar.*

**Vulnérable** *vulnerable.*

**Wagon-lit** *sleeping car, pullman.*

**Wagon-restaurant** *dining car, (US: diner).*

**Yacht** *yacht.*

**Zéro** *zero.*

**Zone** *zone.*

# Index

A
B
C

ABC

Conception graphique de la maquette intérieure :
Anne Danielle Naname.

Le Livre de Poche s'engage pour
l'environnement en réduisant
l'empreinte carbone de ses livres.
Celle de cet exemplaire est de :
550 g éq. $CO_2$
Rendez-vous sur
www.livredepoche-durable.fr

Achevé d'imprimer en février 2015 en Italie
par L.E.G.O. S.p.A.
38015 Lavis
Dépôt légal 1re publication : 1988
Dépôt légal édition 9 : février 2015
LIBRAIRIE GÉNÉRALE FRANÇAISE
31, rue de Fleurus – 75278 Paris Cedex 06

30/8513/1